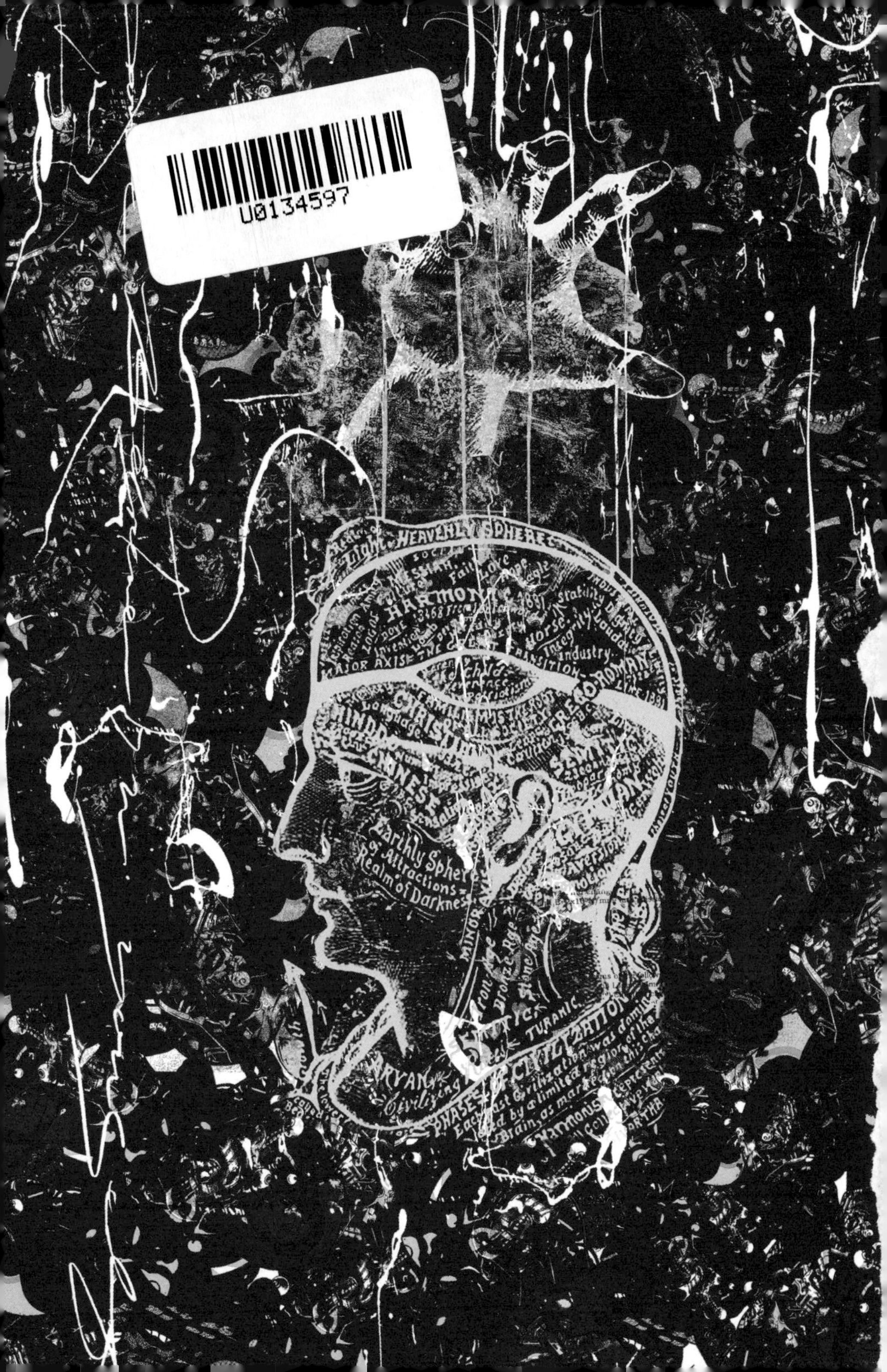
HEAVENLY SPHERE
HARMONY
MAJOR AXIS
industry
Earthly Sphere
of Attractions
Realm of Darkness
Bronze Age
Stone Age
TURANIC
ARYAN
Civilizing
PHASE OF CIVILIZATION

「就算，妳的記憶消失，忘記了我，妳還是會留在我的記憶之中。」

孤泣字

ВОЛЫНСКАЯ ГУБЕРНІЯ
52 316
13 57
4 4
23 155
2 9
78 480
68 402
35 204
4058 23688
3170 23688

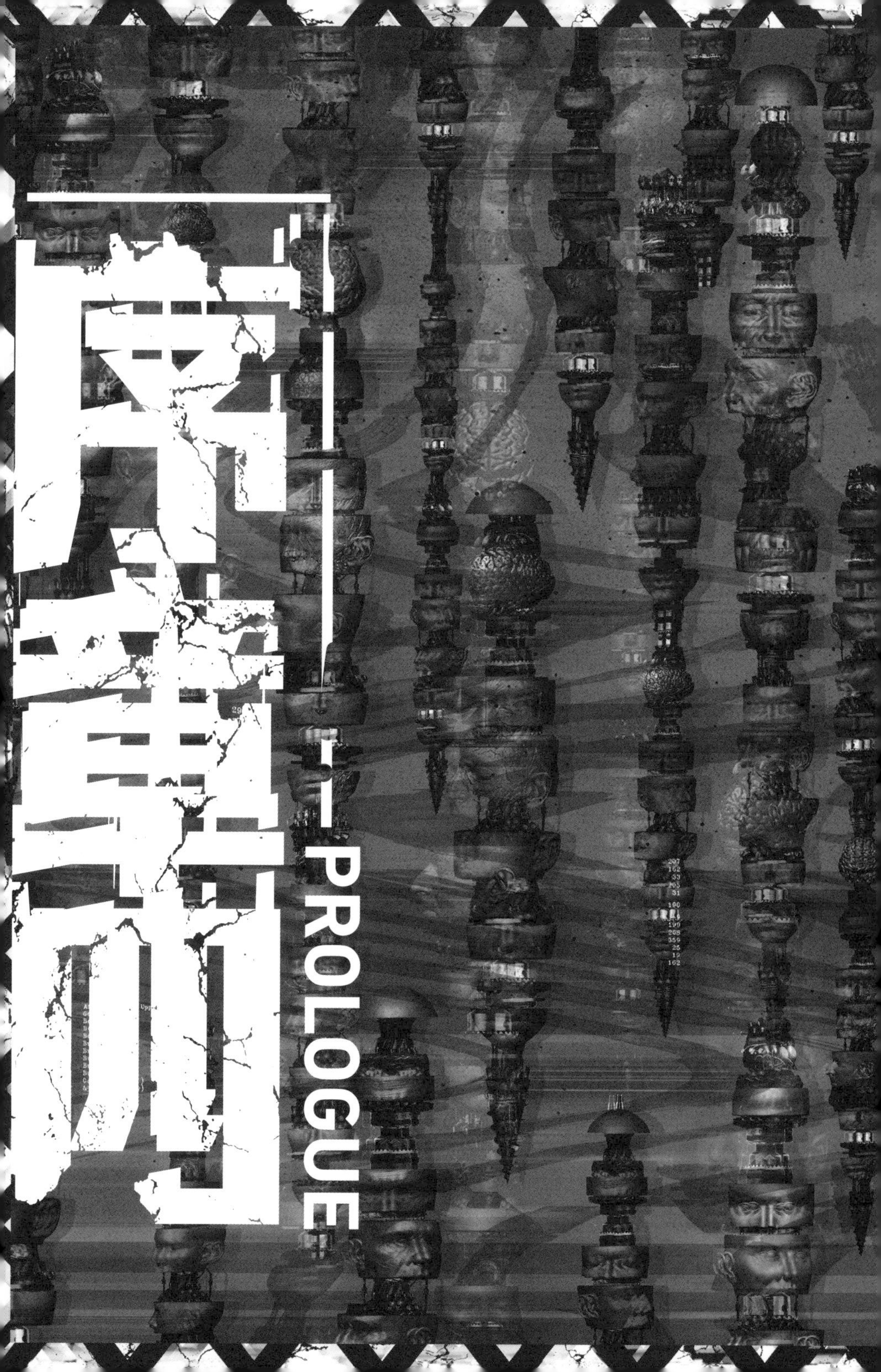

序章

PROLOGUE

PROLOGUE 序章叫

高展雄

范暖語

梁家威

Exam Roll No. A16 ASOO/415

(Please write your Exam Roll No.)

ANNUAL EXAMINATION

SECOND YEAR (B.ARCH.) MAY JUNE 2017

Paper Code: AP-215   Subject: Lighting and Acoustics

Time: 3 Hours   Maximum Marks: 75

Note: Attempt any five questions including Q.no.1 which is compulsory.
Select at least two questions from each part.

PART-A

Q1 Write short notes on any three the following:-   (3x5=15)
    (a) Visual comfort

PART-B

Q5 Write short notes on any three of the following:-   (3x5=15)
    (a) Frequency and pitch
    (b) Sound pressure levels
    (c) Echo
    (d) Coefficient of Absorption
    (e) Audible range of sounds

Q6 Describe the common acoustical defects in auditoriums with causes and
                                                                (15)

Q8 (a) List any three main lighting Standards on the following:-
    (i) Frequency and pitch   (ii) Memory Design (iv) Timber Design (v) Steel
    National Standards in Planning and Design of
    ... by the Bureau of Indian
    ... Lighting and design

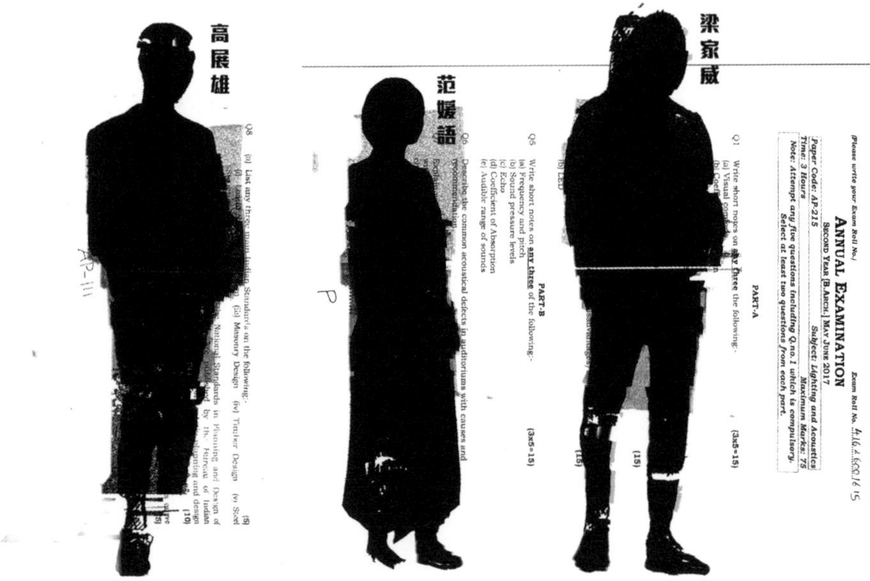

DON'T BELIEVE IN YOURSELF

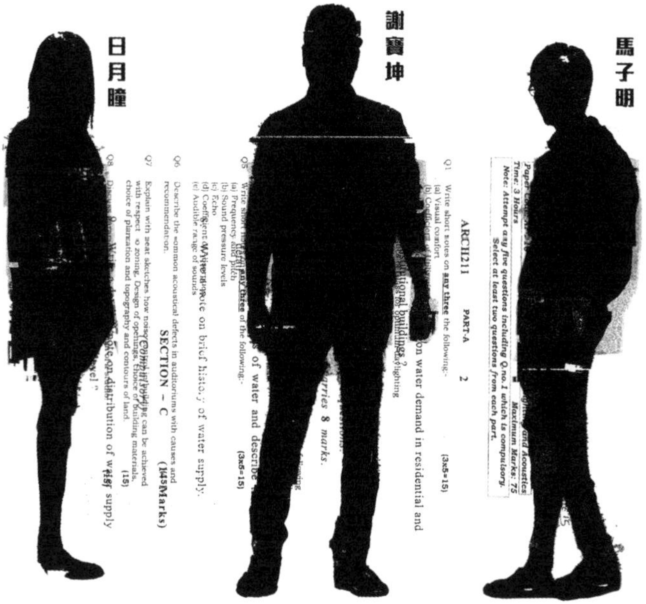

日月瞳

謝寶坤

馬子明

序章四 PROLOGUE

請在兩分鐘內，背了這二十八個中文字。
現在開始。

頭天前條村樂魔
沒一女從有落了
現民活快小村一
生地有出村沉著

……

…

．

一百二十秒過去，你能夠背出多少個字？

人類的大腦，很難把一些沒有意義的文字記住，如果你不能在兩分鐘內記住這二十八個中文字，不是你的問題，也許，很多人也不能做到。

分開了的文字不容易記住，但有一個方法，可以不用兩分鐘，或者只需要十秒時間，就可以把全部文字記起來。

方法就是把二十八個字組成一個……「故事」。

「從前有一條小村，村民快樂地生活著，有一天，女魔頭出現，村落沉沒了。」

變成一個故事後，會有93%以上的人記得全部二十八個字。

這就是人類記憶的奇妙之處。

所以，我喜歡用「故事」去說「文字」，同時……

用「文字」去說「故事」。

……

：

.

開現信結別相局始憶記篇在。

××××××××××

2003年12月6日。

「靈魂鑑定計劃」完結前一星期。

梁家威、日月瞳、范媛語、馬子明、高展雄、謝寶坤六人相約晚餐。

阿威拿出了第十二本日記，這是他把這三年內發生的事記錄下來的「第十二本日記」。

然後，他們六人一個傳一個，把日記撕掉，最後，由阿威把面目全非的日記簿，掉入了垃圾筒。

這三年的「記憶」記錄，將會永遠消失。

當時，阿威的確是這樣想的……

的確是。

……

…

.

2019年6月7日，凌晨三時。

阿威的家中。

他手上拿著一本日記。

他的……「第十二本日記」。

內容一樣，字跡也是他自己的。

「沒可能的……怎會這樣？」

完全……不合邏輯。

他已經打電話給其他五人確定，他們一致記得第十二本日記已經在十六年前被他們一起撕掉，但現在，這本日記卻出現在他的手上。

日記會自動「復原」，然後自己走回阿威的舊居中，等待十六年後阿威媽媽發現，然後交給阿威？

完全……不合邏輯。

甚至是天方夜譚的想法。

現在，只有一個「可能性」。

唯一的可能性……

「六個人的記憶同時出錯」。

他再一次看著自己寫的小說書名……

就好像在提示著他一樣……

……

…

「別相信記憶」。

他們六人幾經辛苦取回來的記憶，難道也是……

「虛假的記憶」？

×××××××××

2019年6月12日，金鐘。

數日前6月9日，全香港一百萬人參與「反對《逃犯條例》修訂草案」遊行，我也是其中一位參加遊行的香港人。

在香港，自由一點一滴流走，高高在上的官員完全無視民意，一意孤行修訂《逃犯條例》，他們甚至決定繞過法案委員會，在6月12日如期進行二讀。

本來，日記的事已經非常煩惱，而且快到書展非常繁忙，不過，身為香港市民，在這裏土生土長，我決定了再次在這天站出來遊行，表達對政府的不滿。

「站出來的人絕不是瘋狂，只是想守護自己的地方。」

下午，我跟家人與朋友來到了夏慤花園對出的樂禮街，我跟其他遊行人士一樣，在警察的封鎖線前站著大叫口號。

「反對修訂《逃犯條例》！」

「沒有暴徒，只有暴政！」

「撤回！撤回！撤回！撤回！」

正當我們和平地叫著口號，舉手向天表達自己的不滿時，就在下午五時二十八分……

警方向著手無寸鐵的我們，投下催淚彈！

催淚彈就在我身邊落下！

在我身旁的市民不斷向後退，跟我擦身而過，我卻還在呆呆地站著，被嚇到完全不懂反應！

「為什麼？我們只是和平表達訴求，為什麼要放催淚彈？為什麼？」

這句說話，不斷在我腦海中出現，我不明白，為什麼一直以來我引而為榮的香港，會變成了現在的「極權」社會？

催淚彈的煙已經直入我的雙眼，眼睛像被燒著，我才清醒過來，我要……盡快離開！

「兄弟！走呀！」

突然，我身邊有一個人大叫，叫我快離開現場！

在這剎那間，煙霧瀰漫的大街上我看著這個「男人」。

他沒有戴上口罩，頭髮非常凌亂。

我記得這個人的樣子！

他是一個在我記憶中已經……

「死去的人」！

為什麼？！

為什麼一個死去的人會再次出現在我面前？

難道跟我的第十二本日記一樣……

是因為人真的可以「死而復生」？

還是……

我的記憶「再次出錯」？

……

…

·

真正結局……

正式開始。

《就算，妳的記憶消失，忘記了我，妳還是會留在我的記憶之中。》

*「612事件」，請收看書中最後孤泣小故事——《我第一次嗅到催淚彈的氣味》。

DON'T BELIEVE IN YOURSELF

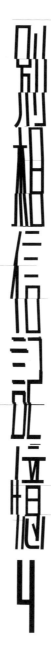

ВОЛЫНСКАЯ ГУБЕРНИЯ
52 316
13 57
4 4
23 155
2 0
78 480
68 402
35 204
65 349
4058 23658
122
4170 23688

第十五章

重組

REORGANIZE

第二十五章 重組01 REORGANIZE

2019年6月16日。

銅鑼灣中央圖書館對出天橋。

「媽的！今次遊行超多人！比6月9日至少多一倍！」謝寶坤說。

「上次一百萬，這次有二百萬了。」高展雄說。

「不，是二百萬加一。」我看著橋下不見龍尾的人龍，人龍一直伸延到天后。

那「一個人」，就是在太古廣場天台墮下的人，他人不在，但我知道，他的「信念」沒有消失，一直也在香港人的心中。

「布袋彈、橡膠子彈、催淚彈、胡椒噴霧、警棍等等，看來沒有嚇怕我們香港市民。」高展雄笑說：「讓香港人更團結了。」

「對，我吃過催淚彈以後，我更知道自己應該站在『雞蛋』的一方。」我苦笑。

今天，我、謝寶坤與高展雄，相約一起參加這次由民間人權陣線主辦的大遊行，同時，我們討論第十二本日記的事，還有我在6月12日那天看到的那個「男人」。

那個在我記憶中「已經死去」的男人。

「老實說，我覺得是你最近不斷想著那三年發生的事，才會出現了『錯覺』。」展雄說：「我覺得你是認錯人了。」

「我也是這樣想！」阿坤和應：「我們三個人都確定他已經死去，不可能再次出現。」

「當年我們沒有親眼看到。」我提醒他們：「只是我們的記憶中，他已經死去。」

他們沒有說話，在思考著。

我們從圖書館的另一個出口離開，走進了遊行的群眾之中，走了不久，我們途經一個物資站。

「要不要水？我們免費提供。」物資站的一位女生問。

「不用了！我們有寶礦力！」阿坤舉起了手上的飲品。

「市民互相幫忙，年輕人都很窩心。」展雄看著人群說：「政府呢？只會與民為敵。」

「香港被一群豬管治，當然與民為敵！」阿坤向著市民高舉的特首惡搞圖豎起了中指。

「剛才我提到年輕人，也想到那個男人年齡的問題。」展雄跟我說：「就算他真的沒有死去，也至少六七十歲了，你看到的人像一個六七十歲的人嗎？」

我搖頭：「不，不像，看似四五十歲而已，他不能說是健步如飛，不過我當時回頭看了一眼，他已經快速離開了，完全不像一個六七歲的老人家。」

「健步如飛？哈！根本不可能！所以我們才說你是看錯人了！」阿坤搭著我的肩膀：「第十二本日記再次出現也還未知道原因，別要想太多其他的了。」

「你有跟其他人說過見到『那個男人』的事嗎？」展雄問。

「沒有。」我再次搖頭：「因為當年只有我們三個人跟著『他』進入地下研究所，我暫時只想跟你們討論這事。」

當年只有我們三人，走進了滿是腐爛屍體與屍蟲的地下靈魂研究所。

而我在6月12日看到的那個「已經死去」的人，就是……

梅林菲醫生。

一直困在張索爾殘缺身體內的梅林菲。

《因為回憶太多，記憶才會出錯。》

第二十六章 重組 RECRGANIZE 02

2019年7月1日。

我們六人再相約遊行，然後一起回到我的工作室討論最近發生的事。

「一個月見你四次。」阿坤對著展雄笑說。

「你現在不想見我？」展雄反問。

「不想。」阿坤直接地說：「不過為了香港也沒辦法，哈！」

當然，阿坤說的「不想」只是反話，我們的友情，已經由奪回記憶後，變得更加堅固。

「威，真的太好了！你的工作室竟然有浴室洗澡！」月瞳從浴室走出來，她正用毛巾弄乾髮尾：「遊行完後一身汗，洗澡後舒服多了！」

我看著從浴室走出來，只穿著我公司加大碼T恤的月瞳，有點尷尬地移開了視線。

「而且你的沙發也很舒服啊！」已經洗完澡的媛語說：「走完一整天趟下來真的很想睡，

我已經到極限了！」

這幾次遊行，氣溫也超過三十度，對於一向喜歡留在有冷氣地方的香港人來說，的確是蠻辛苦的事。

不過，就因為如此，更表明了香港人的「決心」。

我們流的汗，都是為了自由而流。

「好了，現在大家也洗完澡，又休息夠了，我們開始討論這次發生的事。」我跟他們說。

「又像上次一樣，一起圍個圈？」子明問。

「好主意！」

然後，我們六人像第一次在工作室見面時一樣，圍著圈坐了下來。

「現在有很多問題。」我主持著：「一、為什麼我們六個人都記得撕毀了第十二本日記，但現在第十二本日記卻在我手上？二、我看到健全的梅林菲，是我認錯人？是什麼回事呢？」

然後，我把發現第十二本日記後，立即寫下的問題，給他們看。

一、大部分記憶也沒有出錯，只有跟林妙莎在提款機前發生的事，第二天，我完全沒有印象，我當年真的喝醉了？才會把錢掉在地上？

二、當年盲了的梅林菲媽媽，不可能感覺到梅林菲，因為在梅林菲的身體內的靈魂是張索爾，而不是梅林菲，為什麼梅媽媽說是梅林菲？

三、除了我的組系，這十多年來，所有「靈魂鑑定計劃」其他組系的人也沒有再出現，就如那個日本刑警一樣消失了，這是巧合？還是他們都變成了精神錯亂的瘋子？

四、當年張索爾的組系中，有東京的校工、那個英俊的刑警、倫敦的金髮女人、健碩的博物館保安員，加上張索爾，是五個人，明明組系是六個人，為什麼只有五個？

五、當年在東京與倫敦，我們都各自遇上了張索爾組系的人，但在第一次碰面時，他們為什麼沒有出手對付展雄他們？

六、在日本學校雜物室內的電腦，為什麼張索爾好像有意地留下了提示與線索給當時的我們？

「加上新的問題，現在已經有七八個問題了……」子明看著我打印出來的問題：「我先問問大家，你們真的想追查下去？」

在場的五個人沒有人說話，沉默下來。

「都已經這麼多年了，如果不是阿威追查失去三年記憶的事，我們這十多年都正常與安份地生活，我們甚至不需要自找煩惱，繼續各人的生活。」子明說出了事實：「當然，我也很多謝阿威這追查下去的決心，不然，我們就不能再聚在一起了，哈。」

這個問題，我又怎會沒有想過呢？

然後，我指一指電視，畫面中是一班年輕人，打破了玻璃進入了立法會。

他們為什麼要這樣做？安安份份地在香港生活不就可以嗎？為什麼要衝擊？為什麼要破壞？為什麼明知會被檢控甚至是入獄，他們還要這樣做？

「我想調查下去。」她微笑說。

第一個回答的人是她，月瞳。

然後其他人也一起點頭和應，包括了本來提出問題的子明。

我苦笑了。

我們當然可以不去把事情弄過明白，大可繼續我們安定的生活，不過，這會是我們「想要的生活」模式嗎？

我不知道他們是如何想，但對我來說，二十年前又好、十年前又好，我依然是沒有改變，

我絕對要找出……

最後的真相！

《如果是一個權力遊戲，我們又如何安份守己？》

一小時後，我們一起整理手頭上的資料。

「阿威，你已經詳細地看過第十二本日記的內容？」展雄問：「跟發生在我們身上的事都一致？」

「嗯，沒錯，大致上都是一樣的，我們的記憶跟經歷，還有分享靈魂的事，通通都有寫在第十二本日記中。」我說：「日記內容甚至比我的記憶更豐富，只有一點很奇怪……」

「撕掉日記的日子？」月瞳打開了2003年12月6日的日記。

「對。」我指著日記的內容：「12月6日的日記內容，沒有說我們撕掉了第十二本日記，即是說……」

「我們現在的記憶出錯，或者是被修改了。」月瞳再次搶著說。

「聰明！」我點頭。

「可以修改我們的記憶的人是誰？」媛語問。

「最後催眠我們的研究中心！」阿坤大叫。

「對！」我給他一個讚：「我已經跟古哲明聯絡，託他調查那棟甲級商業大廈的前身公司，找出那個所長。」

「這是我們未來要調查的事，我先抄下來。」月瞳開始做筆記：「但為什麼那個所長要這樣做？」

「這也許跟梅林菲有關。」我說：「我們當時沒有看到他真正死去，而且我記得他曾跟死前的張索爾說過『遊戲完結了，最後是你輸了』，讓我聯想到他們兩個人只是在玩著……『比試的遊戲』。」

他們聽到我的分析後有點愕然，全都沒有說話。

「很像《恐懼鬥室》(SAW)第一集的故事橋段，死去的BOSS最後再次出現了。」子明也是電影迷。

「所以我才覺得我見到的那個人，就是梅林菲。」我說。

「讓人很心寒的感覺！」媛語雙手交疊在胸前：「但計算一下，梅林菲現在至少七十歲了，而且他仍在張索爾殘缺的身體內，你看到的是一個正常的男人呢？」

「難道是……『靈魂鑑定計劃』？」展雄提出。

我點頭：「你們忘記了嗎？當年張索爾是如何奪得梅林菲本來的身體？」

「當年在日本的學校雜物房，那個校工說過『靈魂鑑定計劃』另一個未來發展，就是延續壽命，讓靈魂潛入另一個新的身體繼續生存下去，這是一宗極龐大的生意！」展雄回憶起來。

「沒錯，如果梅林菲還未死，有可能像張索爾奪取他的身體一樣，走入了另一個男人的肉體內，然後繼續生存下去！」我認真地說：「他大可以找一個比張索爾的身體更年輕又健全的男人，然後用靈魂潛入取代他！」

我回憶起來，6月12日那天，在煙霧瀰漫的剎那間，我未必真正可以看清楚那個男人的樣貌，不過他給我的「感覺」，就是梅林菲！

「但問題是，如果你遇上那個男人就是梅林菲的靈魂，他又為什麼要在你的面前出現？」子明托著腮說：「已經接近二十年沒有再出現，他為什麼會在金鐘跟你相遇，然後叫你離開？」

「天曉得，這也是其中一個調查的方向。」我說。

我看著月瞳，她點頭，抄下我的說話。

「我覺得不是巧合。」媛語看著月瞳抄下的內容：「也許跟我們取回記憶的事有關。」

大家也點頭。

明明已經完結了的故事，偏偏又再次重新開始。

我突然想……

二宮京太郎的死，還是有其他的「內情」？

××××××××××

關於「靈魂鑑定計劃」的肉體死亡詳解：

前設：

一、雙方交換了靈魂，A與B；

二、A為靈魂組系領袖。

情況：

一、A可以決定不讓雙方的靈魂與身體再次換回來。即是，A可以永遠得到B的身體，而B只能留在A的身體；

二、當A的身體死去，在A身體內B的靈魂同時死去；

三、另一邊A的情況，當A的身體死去，如A的靈魂在B的身體之內，A不會死去；

四、如果A的身體死去，在A身體內的B靈魂可回到B自己的身體，但需要得到A的批准。此時，A的靈魂與B的靈魂，可共存於B的身體之內；

五、死去的身體可以沒有靈魂存在，但在生的身體，至少要有一個靈魂存在；

六、死去的靈魂會去了什麼地方，還未有真正的答案。

《人類的腦袋相當複雜，而且內心也非常掙扎。》

第二十九章 重組04 REORGANIZE

我們繼續討論下去。

「現在應該可以肯定，我們六個人的『真正』回憶被隱藏與修改了。」我認真地看著他們：「即是說，我們取回來的記憶，也許不是全部都是真的。」

「我有點不太明白，我們不是已經取回真實的記憶了嗎？」月瞳問。

「你們有沒有看過《潛行凶間》(INCEPTION)？電影中出現了夢中夢中夢，我也在自己的小說《生命最後一分鐘》用過類似的題材，不過，這次發生在我們身上的事，不是夢，而是……」

子明搶著說：「記憶中的記憶中的記憶。」

「沒錯。」我說。

然後，我在筆記簿畫出一個圖表。

「A」是我們真實的記憶，真實發生過。

「B」是我們偽造的記憶，沒有發生過。

「C」是我們在偽造的記憶「B」之中，以為是真實的「A」記憶。

「D」是我們在真實的記憶「A」之中，以為只有「B」是偽造的記憶。

「現在我們的記憶，正處於『C』與『D』的情況。」我說。

「媽的，我聽到一頭霧水！」阿坤搖頭說：「我不明你說的什麼A、B、C、D！」

「那問題一定是出現在當年那些催眠師的身上。」展雄說。

「我就是有這個想法。」我微笑說：「所以我才想找尋十六年前，幫助我們刪除記憶的那個研究中心團隊，希望弄清楚這件事。我已經託古哲明與黃凱玲，找尋當年的所長了解這件事。」

「其實我還想到一個疑點。」展雄看完我的第十二本日記，放回桌上：「我大約地看了你第十二本日記的內容，都跟我們發生的事完全相同，不就是代表了我們的記憶沒有出錯嗎？」

「展雄說得對，阿威，你已經非常確定日記的內容都是你的字跡？而不是別人加上去？」媛語問。

「沒錯，全部都是我的字跡，都是我寫的。」我再次打開了日記。

我又怎會認錯自己的字跡？

「夢中夢中夢，記憶中一層又一層的記憶。」子明托托眼鏡重複著說：「不過，你寫下的六個疑點中的『疑點一』，你說當時跟林妙莎在提款機前發生的事，第二天，你完全沒有印象，也有可能不只是在最後催眠時才被修改記憶。」

「你意思是，我在某個時期，曾經被修改了記憶？」我也沒想到這一點。

「對，就如你說，我們的記憶都在C與D之間；不過，不只是被催眠之後才被修改，而是之前已經被修改。」子明說。

「但你的論點不成立呢？阿威的第十二本日記中寫下的，除了撕日記那天外，內容都跟我們發生的事沒有出入。」媛語看著子明說：「我們又怎會被修改了？」

「等等……未必……」我在思考另一個問題：「如果不是『被修改』，而是……『被潛入』呢？」

《我們生活的地方是虛假？還是虛假得以為是真實？》

「被潛入？什麼意思？」月瞳問。

「這樣，我當年的確是有把錢掉在地上，然後讓妙莎拾起來侮辱她。而且我跟妙莎見面後確定了這是鐵一般的事實，即是『真實的發生過』，所以第十二本日記記錄那天的全都是事實。」我繼續解釋：「我的記憶沒有修改，而是身體被潛入了，所以做出一些連我自己也不相信的事！」

「來了個『逆思維』！」展雄說：「當時，你是被另一個靈魂潛入了，如果是這樣……」

我立即翻查手上的資料！

靈魂鑑定計劃使用守則第十二點……

「同一組系可被另一組系入侵。」

梅林菲曾說過，一個人的身體不只是可以擁有六個靈魂，更正確的數目是「六個半」，

他覺得當年張索爾利用了那半個靈魂的位置，潛入了另一組系那個叫「鄭加麗」的腦袋，把她

弄到瘋瘋癲癲，還輸入殺人的指令，然後令她在停車場攻擊媛語。

「當時的記憶沒有出錯，已經跟記憶沒有關係，或者，我已經像鄭加麗一樣，被其他的靈魂潛入了身體！」我說。

全場人也靜了下來。

如果真的是這樣，也許我們的身體也曾被潛入過！

「大家……」

良久，一直沒有說話的阿坤說：「其實我一直聽，但還是不太明白你們所說的，不如……不如我們先休息一下吧，哈哈！」

阿坤把沉重的氣氛打破。

「也對，不斷在沒有真正答案的問題打轉，不會有結果的。」月瞳同意他的說話。

「呼……」我躺在地板之上：「我以為我們的故事已經完結，看來，現在出現了更多的謎題，故事好像……剛剛才真正開始。」

「先讓自己的腦袋休息吧！」阿坤拍拍我的大腿：「我們又不是明天就死去，而且我們不會再忘記對方，要查還有很多時間呢。」

我跟他微笑點頭。

我們再次聊起來，聊東聊西的，暫時不提及「靈魂」與「記憶」的事，讓腦袋放空。

電視上，年輕人攻入了立法會來到最關鍵的一刻，防暴警察已經開始行動。

在場的記者正訪問一個女生，她說了一句：「要走一齊走！」

然後，幾個示威者把其中一位想留在立法會會議廳的男生抬走，不讓他一個人獨自留下來。

明明他們都各不相識，卻為了香港這個地方，連結在一起了。

香港人，總是給人一種很冷漠的感覺，你不會在街上看到陌生人跟陌生人微笑與打招呼，不過，卻在大家有困難之時，伸出了援手。

說他們是「暴徒」？

不，我看到的，是互相幫助的精神，他們不是暴徒，他們只是一群為了香港而付出的年輕人。

「威，還有半個月就書展了，現在的時勢會不會對你的攤位有影響？」月瞳一面摸著我的貓女僖僖一面說。

「應該會有影響，不過……」我微笑說：「就算真的有影響又如何呢？錢可以賺少一點，但如果香港變成一個沒有自由的地方，賺幾多錢也沒用。」

月曈跟我單單眼：「你說得對，書展我也來幫手吧！」

「我也可以來！」嫒語也舉起手說：「做家庭主婦之前，我可是最TOP的售貨員！」

「你要車載貨的話，我可以幫你。」展雄給我一個讚的手勢。

「孤仔，搬搬抬抬就交給我吧！」阿坤拍拍自己的胸口。

「我可以幫你在網上宣傳，完全免費。」子明笑說。

「謝謝你們！」

我看著大家的笑容，也許，在「我的世界」、「我的社會」，同樣有一群願意付出的人。為了「孤泣的世界」，付出的「市民」。

《沒有你，沒有我，沒有這個世界。》

第二十六章
遊戲
GAME

第二十六章 遊戲 GAME 01

2002年1月4日。

津巴布韋圭洛，地下靈魂研究所。

梅林菲與阿威在研究所的控制室內。

「謝謝你們的幫助，我終於打敗了張索爾。」梅林菲把手槍交給阿威：「現在終於來到我贖罪的時候了，希望我與張索爾的死，能夠讓死去的人得到安息，來吧，用這把槍……殺了我。」

阿威呆了看著他。

「『SBCE』液體是非常易燃的，把我殺死後，你們可以一把火燒了這研究所，我要跟這研究所……同歸於盡！」

阿威接過了手槍，然後指向梅林菲。

「真的……要殺死他？」阿坤的真實殘像問：「展雄你說呢？」

「阿威……」展雄說：「就由他去決定吧。」

阿威二話不說，立即向著梅林菲開槍！

「砰！砰！砰！砰！砰！」

一連五槍，打在梅林菲身後的……玻璃瓶上！

綠色的液體像傾盤大雨一樣湧出控制室！

「就算你有罪，也不是由我來判處你的死刑。」阿威把手槍交回梅林菲。

梅林菲接過了自己的手槍：「我明白的，那就由我自己來吧。」

阿威沒有說話，他心中的確不想梅林菲死去，不過，他沒權決定別人的「死亡」，同時，他也沒法決定別人的「生存」。

一個殺害數百人惡魔的「生死」，他沒法決定。

「阿威，代我謝謝你組系的人，幫助我報仇了。」梅林菲跟阿威微笑：「你們走吧，別忘了，把一切也燒掉，把這個可怕的故事真正的結束。」

阿威點點頭：「再見了。」

「來生，再見。」

阿威離開了房間，只餘下梅林菲一人。

坐在輪椅的他，用手槍指向自己的太陽穴，然後……

「砰！」

子彈打在房間的天花之上！

他沒有自殺！

「嘰嘰……連最後的一步……都是我贏了！」梅林菲的表情完全改變：「剛才把槍交給他時，我的心跳加速得超快，這刺激的感覺太有快感！」

梅林菲把輪椅轉到牆壁之前，然後他打開了一道暗門，從暗門轉著輪椅離開，慢慢在黑暗之中……

消失了。

一切，也是梅林菲的計劃……

一切，都是梅林菲的一場遊戲……

同時，也是「他跟他」的一場賭博。

梅林菲與張索爾的賭博。

所有的事，都是由他們二人交換了自己身體開始。

那天，在津巴布韋發生了交通意外，張索爾的靈魂來到了梅林菲的身體上，梅林菲的靈魂，卻在垂死的張索爾身體上。

「身體上，不能沒有靈魂。」張索爾說：「由我死去，還是由你？」

張索爾看著馬路中，趟在血泊之上的梅林菲。

梅林菲沒有說話，因為他知道，張索爾是組系領袖，可以阻止其他人的靈魂進入與離開其他人的身體。

即是說，無論他選擇哪個答案，決定權還是在張索爾的手上。

而且，很明顯，張索爾的靈魂躲在梅林菲的身體之內，他沒有交換回自己身體，就是已經決定好跟梅林菲交換身體，讓自己的靈魂生存下去。

「我來……代替你的身體……死去……不過……如果你的身體沒有死去……我想跟你來一

場……『遊戲』。」梅林菲口吐鮮血：「有關……『靈魂的遊戲』。」

梅林菲看著張索爾的真實殘像說。

梅林菲看著自己的外表說。

《我們的人生，都是一場遊戲，都是一場賭博。》

第二十六章 遊戲02 GAME

梅林菲與張索爾是兩個不同性格的人，而且，有著不同的理念。

張索爾希望「靈魂鑑定計劃」可以用來賺取暴利，比如把技術買給軍方，用作軍事研究之用，還有賣給富可敵國的富商，讓他們的靈魂可以得到新的身體延長壽命。

而梅林菲卻有著不同的想法，他從來也不需要錢，他只希望「靈魂鑑定計劃」成功後，只有他自己可以獨享這個成果，就如耶穌一樣，成為人類的……「神」。

雖然他們都有不同的理念，不過，因為唇亡齒寒的關係，所以他們一直合作，完成這個「靈魂鑑定計劃」。

梅林菲開出代替張索爾肉體死亡的條件，是因為他知道，這次的交通意外很大機會是由張索爾策劃，即是說，張索爾就是想他死後獨佔「靈魂鑑定計劃」的成果，他已經沒有選擇的餘地，所以他決定了跟張索爾來……「賭一局」。

如果張索爾的身體沒有死去，梅林菲願意永遠交換雙方的身體，不再取回來。張索爾聽到後當然是接受，可以換走長年體弱多病的身體，他沒有拒絕的理由。

而且，他根本不會想到，自己的殘弱身軀能夠在這次交通意外中存活。

也許是上天的安排，最後，張索爾的身體沒有死去，梅林菲生存下來。

他們的「遊戲」……

正式開始了。

佔用了梅林菲身體的張索爾從津巴布韋回到香港後，梅林菲跟他聯絡。

「我會選出一個組系，跟你進行遊戲。」梅林菲說。

「怎樣的遊戲？」張索爾問。

「我會利用這組系的測試人員……破壞你的計劃。」梅林菲說。

「你覺得你會成功？」張索爾問。

「機會很微，不過我也想試試。我想知道你用『靈魂鑑定計劃』來賺錢的想法正確，還是我獨享這能力成為神的想法才對。」梅林菲說。

「我明白。」張索爾的態度帶點囂張：「其實，我還需要跟你進行這一場我必勝的遊戲嗎？」

「如果你想量產『SBCE』，你不能拒絕我的要求。」梅林菲說。

「SBCE」，靈魂催化酵素(Soul&Brainstem Chemicals Enzyme)，是靈魂鑑定計劃最重要的一環。

「你是什麼意思？」張索爾問。

「製造『SBCE』需要一種罕有的化學氣體，你從來也不知道它的來源，不是嗎？」梅林菲一早已經拿著籌碼：「如果你要大量生產，只有我可以幫助你。」

張索爾沒有說話，他心中想，原來多年來的好友與伙伴，一直也留有後著。

良久，張索爾終於說話。

「你想怎樣？」他問。

「我不是已經說了嗎？給我一組人，跟你來一場你99%不會輸的遊戲。」梅林菲冷靜地說：「你什麼也不用做，就用我的身體扮演我就好了。」

由於張索爾已經封鎖了梅林菲的身體，他們沒法用靈魂溝通，只能隔著電話對話，張索爾完全沒法知道梅林菲現在是用一個怎樣的表情跟他說話。

他完全沒法猜到梅林菲的意圖，同時，不明白一個梅林菲必輸的遊戲，又有什麼好玩。

不過，他為了可以大量製造「SBCE」，他……沒有其他的選擇。

「好，我就看看你又怎樣贏到我呢？」

這是張索爾在對話中最後一句說話。

《出賣你的人，只會是最熟悉的人。》

第二十六章 遊戲 GAME 03

1999年11月19日，晚上。

梅林菲收到了由香港傳過來的資料，是阿威六個人的資料。

他把六人的資料看了一遍後，再看著簡陋的病房玻璃窗外，樹上吱吱叫小鳥。

「你們……別要讓我失望。」他在自言自語。

梅林菲就像對著完全沒有攻擊性又脆弱的鳥兒說話的一樣。

六隻脆弱的小鳥。

……

…

.

2002年1月1日。

梅林菲致電張索爾。

「第一批稀有氣體已經送給你，別忘記你的承諾，當遇上組系二的人時，給他們一次生存的機會。」梅林菲在電話中說。

「他們遲早也要死吧，當然沒問題。」張索爾語帶諷刺。

「還有，在日本學校雜物室中的電腦，留下找尋靈魂編碼器的提示與線索給他們。」梅林菲說。

「我真不明白，為什麼你要做這麼多？」張索爾問。

「因為，這是屬於我的劇本，我們的遊戲。」

「你還覺得自己有機會贏？」

梅林菲沒有說話，在他的內心，就算不足1%勝算的遊戲，他也想賭一局。

就因為梅林菲的說話，已經解釋了阿威寫下的「第五」與「第六」個疑點。

當年在東京與倫敦，第一次跟張索爾組系的人碰面時，為什麼沒有出手對付他們，還有，在日本學校雜物室內的電腦內，會找到提示與線索。

全部都是梅林菲的「安排」。

「如果我們還有機會見面，你就知道誰才是遊戲最後的……贏家。」梅林菲說完後掛線。

在他的腦海中，不斷出現了一句說話。

一句他很想對著張索爾說的話。

「你輸了。」

……

…

.

2002年1月4日。

大火正燒著叢林中一所木屋。

除了阿威六人看著大火吞噬木屋與研究所，已經成功逃出來的「他」，也在叢林的另一邊，看著木屋燃燒。

梅林菲看著木屋燃燒。

「沒有你們一班組系二的人，我沒法勝出這場遊戲。」梅林菲說：「總有一天，我們會再次見面的。」

他看著天空，喃喃自語。

他的「劇本」已經完成？

還是……現在才真正的開始？

……

‥

．

2003年12月13日。

阿威組系的六人，「靈魂鑑定計劃」最後一天。

中環甲級商業大廈。

他們六人已經被催眠，正在一間房間中休息，還未清醒。

研究中心的所長來到房間，看著還在沉睡的他們，同時，一個坐輪椅的男人，跟著進來。

「已經加入了撕日記的記憶？」他問。

「對，跟你的說法做了。」所長說：「那我們研究中心經費方面……」

「沒問題，下星期你會收到。」他說。

「容許我多問一句？」所長看著還在睡的阿威：「就算加入了撕日記的記憶，這個年輕人回到家後，找到自己的第十二本日記，不就知道記憶出錯了？」

「我自有分數。」他說：「就算他要知道，也會是十多年後的事。其他的事你不需要知道，你收了錢以後，我們再不需要聯絡。」

「明白的，梅醫生。」

梅林菲笑了。

《一切部署的計劃，未來會一觸即發。》

第二十六章 遊戲 GAME 04

2019年7月7日。

九龍區第一次舉行反修例遊行。

這一個月，我已經忘記了是第幾次遊行，不過，在九龍區遊行還是第一次。

政府依然沒有回應市民的訴求，而且還有無限個藉口去包庇使用不合理暴力的事實。

今天至少有三十度以上，我看著無雲的天空，然後再看著遊行的人群，我們都有同一個信念，希望香港人可以得到公平與公正的對待，而那些為了利益而出賣香港的人，得到屬於他們的「報應」。

遊行結束後，我跟月瞳來到了……荃灣華人永遠墳場。

本來，我們想找梅林菲媽媽，可惜，她已經在十年前因病去世，我們已經沒法得知為什麼當年盲了的梅林菲媽媽可以感覺到梅林菲，明明當時在梅林菲身體內的靈魂是張索爾，而不是梅林菲。

子明找到梅林菲媽媽的資料，知道她葬在荃灣華人永遠墳場，我跟月瞳一起來拜祭她。

「周小妹。」月瞳看著婆婆的墓碑說：「其實我已經忘記了她的樣子了。」

「十多年前的事，不只是妳，我也忘記了她的外貌，我只記得當時妳在我的身體之內，跟婆婆聊天。」我把一束鮮花放在墓碑前。

「忘記一個人然後突然又記起，這個感覺，我跟你應該最了解。」月瞳看著我說。

「的確是，嘿。」我們對望而笑了。

「尋找所長與梅林菲媽媽兩個線索，其中一個已經斷了。」月瞳看著藍藍的天空：「希望可以找到那個所長，然後，知道真正的答案。」

「不……線索未斷！」我大叫。

月瞳回頭看著我，我蹲在婆婆的墓碑前。

「發生什麼事？」月瞳問。

我看著墓碑左右兩邊的……

「含辛茹苦與後代　功德無量旺子孫」

「這對聯有什麼問題？」月瞳追問。

「子孫……」我用手指觸摸婆婆的相片。

「威！別這樣，這樣對先人不敬啊！」月瞳拉著我。

「一塵不染，即是有人來清理婆婆的墳頭……」我在思考著：「一、一個獨居老人為什麼可以有錢做一個這樣的墓碑？二、墳頭很清潔，即是有人來整理，三、如果當年梅林菲真的是這樣對待婆婆，為什麼還需要寫『功德無量旺子孫』？」

「阿威你真的很厲害，看一看就已經想到這麼多了！」月瞳在讚我：「啊？等等！」

月瞳認真地看著婆婆的相片。

「有什麼發現嗎？」我問。

「婆婆是盲人，但相片中的她，完全不像眼睛有問題！」月瞳指著相片。

「應該是找一張最好看的相片來做先人瓷相吧？」我在懷疑：「但如果是……」

「阿威，看來線索真的未斷！」月瞳高興地說。

「對！」我立即打給子明。

「有什麼事發生了嗎？」他在電話問。

「我想你幫我找更多梅林菲媽媽周小妹的資料！」

婆婆那張瓷相，除了是找一張最好看的相片之外，如果……

如果……

如果那時候，她只是……扮盲呢？！

《要到完全消失，才能藏起所有的秘密。》

第二十六章 遊戲 GAME 05

2019年7月16日。

今天，是我的生日。

人大了，其實已經沒怎樣去慶祝自己的生日，只會當是一個普通的日子，今年更加沒法慶祝，因為明天就是一年一度的書展首日，今天需要準備好整個攤位場地。

「明天要開始了，心情如何？」展雄問。

展雄跟阿坤來了幫手。

「第一年做出版社，的確有點緊張。」我跟展雄把一張正方型的桌子放下來：「不過，順其自然吧，強求不來。」

「孤仔，上方的貓貓展板貼好了，你過來看看！」阿坤大叫。

我走出了攤位看，我家六隻貓貓的CUTE版展板已經高高掛在上方，攤位內的書也全部上架，看著自己一手一腳創造出來的「世界」，的確有份滿足感。

「很好，明天可以正式開始了。」我說。

「有關靈魂的事，你就先放在一邊吧，做好你的『孤出版』。」展雄也走了出來看著攤位。

我搖搖頭：「我沒法把這件事放在一邊。」

我拿起了在書展首發的《別相信記憶》第三部：「本來這本已經是完結篇，但卻沒有真正的結束，我一定要把整個故事寫得最圓滿為止！」

沒錯，我寫小說有一個給自己的「約定」，就是一定要把故事寫得最完整，要清清楚楚去交代所有未被揭開的謎團，而當故事真正完結之後，不會再出下一集，就好像《APPER人性遊戲》系列一樣，一至四部已經完全交代了整個故事，就算是我最暢銷的小說也好，我也不會再寫第五集。

這就是我一直以來的「約定」，也可以說是對自己的「約束」。

「媽的，你這個死仔包，這麼多年來也沒有改變，還是要追查到底。」阿坤搭著我的肩膀：「你記住，雖然我們已經不可以再分享靈魂，不過我們還是最好的朋友！」

「當然！一日朋友一世朋友！」

「你們兩個男人老狗，真得很肉麻。」展雄苦笑：「好了，這裡差不多，我現在駕車去接子明，然後一起去找那個古哲明。」

「拜託你了。」我說。

其實本來是由我去跟古哲明會面，但現在我真的分身不暇，唯有把調查的事交給其他人，我已經跟古哲明說好了，會由展雄與子明代我跟進找尋所長的事。

古哲明找我們，也許已經查到了所長的下落。

此時，我的手機響起，是月瞳。

我按下接聽：「妳跟媛語是21號來幫手，別忘記了。」

「不，我知道，我打給你不是說這件事。」她的聲線非常緊張。

「有什麼事？」

「剛才……剛才二宮的太太櫻田美內子打給我，他說二宮的死有疑點，北野和真展開了新的調查！」她快速地說。

「什麼？！」我非常驚訝。

同一時間，媛語打給我：「月瞳，妳先等等。」

我按了轉線，立即聽到媛語在說話。

「阿威！我見到了……見到了……」她的聲線比月瞳更慌張。

「妳先冷靜，慢慢說。」

然後，她說出了一個讓我更驚訝的消息。

「你怎樣了，好像見鬼一樣的表情。」阿坤看著我。

「這次……真的見鬼了。」我吞下了口水：「媛語說在大埔見到……其他組系的成員！」

《沒什麼，只要是朋友，就一起走到最後。》

第二十六章 遊戲 GAME 06

中環甲級商業大廈。

展雄與子明已經來到了，在會客室內等待古哲明。

「這次真的見鬼，一次過發生這麼多事。」子明看著手機。

手機上是一個叫TELEGRAM的通訊工具，他們六人一直在使用，子明說TELEGRAM的加密比WHATSAPP做得更好，大家都會實時分享現在發生的事。

「看來『命運』也不讓這個有關記憶的故事完結。」展雄看著大門的方向。

此時，大門打開，古哲明跟他的助手黃凱玲走了進來，他們互相介紹後，立即進入正題。

「我一星期前收到子瓜的新書，我跟凱玲已經看完了。」古哲明把三本小說放在桌上：「如果不是子瓜來找我，我根本不會相信書中的故事真真實實發生了。」

「而且他真的把我寫進小說了！」黃凱玲高興地說。

古哲明給她一個「回到正題吧」的眼神。

「對不起，我太興奮了！」她打開手上的資料。

「在小說中所提及的鈣調蛋白激酶II(alpha-CaM kinase II)，就是我早前跟子瓜所說的化學成份，我再三向美國研究大腦的朋友追查，這化學成份的確可以『隱藏』記憶。」

他們聽著博士的說話。

「我不想這樣說，不過，當年的你們，就是研究用的白老鼠。」古哲明直接地說：「只要把生物腦部的鈣調蛋白激酶II增加到2%以上，就會出現自動洗掉記憶的情況，而且……」

「博士。」展雄打斷了他的說話：「其實我們對研究一點興趣也沒有，我們只想知道那個所長的事，還有當年的那間公司與工作人員在哪裡。」

「我明白的。」古哲明點頭：「我們已經找到了這裡前身，是一間名為鄺氏的研究中心，所長是一位叫鄺言祖的腦科教授。」

「可以聯絡他？」子明問。

「對不起，已經不可能。」古哲明托托眼鏡：「因為他已經在十三年前，2006年1月因為車禍去世了。」

「什麼？」

「不只是他一人，當時是鄺氏研究中心一年一度的公司旅行，他們全公司去了埃及，當日由洪加達前往樂蜀途中，旅遊巴司機懷疑超速駕駛失事翻車，全車四十四名香港人，十四死三十人傷。」黃凱玲補充。

黃凱玲把一份舊剪報給他們看。

「十四死中，包括你們的催眠師。」古哲明說。

「跟……跟1999年戲院的員工一樣，全部出車禍了！」子明回起想來，非常吃驚。

「即是說，我們已經找不到有關的人？」展雄追問：「沒有人生還？」

「嗯，我已經幫你們調查過了。」古哲明說：「而更奇怪的事……」

他把一張相片給他們看，是當時發生意外的相片，整架旅遊巴反轉。

「最奇怪的事，死者都坐在旅遊巴車頭位置，而參加這次旅行的研究中心員工與鄺言祖等高層，正好都是坐在車頭，而且是……十四死。」古哲明說。

「不會吧……」展雄的臉色一沉。

「沒錯，死去的人全部都是研究中心的人。」

這是……「巧合」？

《當巧合不斷出現時，巧合再不是偶然。》

第二十六章 遊戲07 GAME

同日，大埔超級城咖啡店。

阿坤已經趕來跟媛語會合。

「妳剛才在哪裡見到其他組系的成員？」阿坤問。

「在我住的大廈，她跟我住在同一大廈！」媛語說：「我之前從來也沒見過她！」

「但妳又怎樣肯定就是她？」

「我怎可能忘記？！記憶回來後，我最記得就是她攻擊我！」媛語說。

她所說的人，就是曲髮濃妝的鄭加麗。

「她看起來正常嗎？」阿坤問。

「應該是……正常吧。」媛語在回想：「我跟我老公住在這大廈已經五年，從來也沒見過她，現在出現不是很奇怪嗎？」

「這我也不知道，不過，就算住在同一層，妳也未必見過另一個單位的住客吧。」阿坤說：

「而且妳在半年前，根本就沒有那三年的記憶，就算妳們真的遇上，妳根本就不知道一早認識她吧。」

「的確也是……」媛語喝下了一口綠茶沙冰：「但明明不再注入『SBCE』、不能分享靈魂時，會出現重度精神錯亂的情況，但我看她是一個正常的女人，沒有任何異樣，為什麼會這樣？」

「難道她也跟我們一樣，被洗去了那三年的記憶？」阿坤摸摸自己的下巴說：「不如我們去問問大廈的保安員。」

他們回到了大廈，因為媛語是住客，保安員也暢所欲言。

「妳說住在十六樓的鄭小姐？對啊！她比妳住在這大廈更久了，妳們認識的？」保安員問。

「也許是認識吧……」媛語微笑說：「謝謝你。」

阿坤在媛語的耳邊說：「在十六樓，我們問問大家應該如何處理，再行動。」

媛語點點頭。

一個十多年前遇上的人再次出現，這也同樣是……「巧合」？

××××××××××

香港會議展覽中心。

我走到後樓梯，這裡比較靜，我直接打電話給北野和真。

「有什麼疑點？發生了什麼事？」我心急地問。

「等等我，這裡說話不方便。」他說。

電話中傳來了日語對話的聲音後，北野和真再次接聽電話。

「當時說二宮是被報社開除的職員殺害，出現了一個大疑點。」北野和真吐出了煙圈。

「是什麼疑點？」

「那個職員叫小野俊太，行兇用的刀上也有他的指紋，無疑二宮是他所殺，他自己也承認是殺害二宮的元兇。經過七個月，終於完成手續，以個別特例將小野俊太帶回日本接受審訊，不過……」

我皺起了眉頭等待他下一句說話。

「不過七個月後，在上星期，小野俊太推翻自己早前的說法，他說二宮是……自殺的。」

「自殺？什麼意思？」

「我們再次展開調查，在小野俊太當時所穿的衣服右手手袖上，找到了二宮的指紋，而指紋的位置，就像是二宮雙手捉著小野俊太的前臂，然後把刀……插入自己的腹部之中！」

我整個人也呆了。

「小野俊太承認自己是有殺二宮的想法，而且有握著行兇用的刀，不過他說自己沒有殺他，而是二宮利用他的手自殺！」北野和真說。

「二宮怎會自殺，他在一定在說謊！」

「我也是這樣想，不過現在已經沒法求證。」

「怎說？」

「小野俊太剛才……在監獄中自殺死去！」

《在生的人還在說著謊言，死去的人沒法說出真相。》

第十七章

追查

TRACING

第二十七章 追查01 TRACING

2019年7月21日。

民陣舉行第六次遊行，按照警方安排，遊行起點在維園，終點在盧押道，路線被縮短了很多。

書展已經來到第五天，我把簽名會時間推遲，然後分一半攤位的員工一起參加遊行。

經過了一個多個月的抗爭，政府依然沒有回應市民的五大訴求，更正確的說，是答非所問，高官不斷回避問題。

除了香港現在的問題，我的「故事」也出現了更多的謎團。有時我會想，其實我是期待生活中出現多點意想不到的事情，不甘於平淡的人嗎？

遊行完結後，我跟同事一起回到孤出版攤位，我看著長長的人龍，我知道要快一點簽名了。

今天月瞳與媛語也來了攤位幫手。

「月瞳妳在我身邊幫我揭書，嫒語妳就幫我推銷一下貓貓T恤吧。」我對她們說。

「沒問題！」嫒語舉手贊成。

「我要怎做？」月瞳問。

「因為很多讀者都會帶幾本書給我簽名，有時還會一箱箱拉行李箱過來，所以你要把書揭開

第一頁疊起來，這樣我才可以簽快一點。」我解釋。

「明白了！你最多一次簽過幾多本書？」她問。

「我想有五六十本，一個讀者。」

然後，月瞳用一個奇怪的眼神看著我。

「怎樣了？」

「嘻，你已經成為了從前日記所寫的自己，一個想在未來成為的自己了。」她滿足地說。

「嘿，妳也是吧，我可愛又美麗的獸醫。」我笑說。

「你兩個打情罵俏好了沒？很多讀者在等。」我身邊的助手海靖說。

「OKOK，現在開始！」我說。

助手比老闆更兇見過嗎？我公司就有一個，不，是幾個，嘿。

簽名開始，我習慣了一面簽名一面聊天，其實我不是一個很擅長面對讀者的人，所以月瞳除了揭書，還是我的交談對象。

「今日阿坤、子明，還有展雄沒有來幫手，繼續追查整件事件。」我一面簽一面說：「子明已經找到了跟梅林菲婆婆有關係的親人，其中一個最有可疑的是婆婆的孫仔。」

「孫仔？即是……」

「就是梅林菲的兒子。」

「他有兒子？」

「對，他叫梅業基。」我微笑跟讀者合照。

「但他跟靈魂的事有關？」月瞳把書遞給我。

「不知道，我想書展之後跟他見面。」我繼續我的簽名工作：「另外，北野和真說殺死二宮的兇手小野俊太，在監獄的死法很奇怪。」

「他是自殺的？」

「日本的法醫也沒法找出死亡原因。」

「為什麼？」

「他是吊頸窒息而死，而他被監禁於獨立囚室之中，囚室內沒有任何可以讓他吊頸與窒息而死的用具。」我說。

「如果是這樣的話……」月瞳非常擔心。

「我想妳也想到了，月瞳妳記得嗎？我曾寫過有關『靈魂鑑定計劃』的細則，當中有一條是說，我們不能超越『本體』身體的極限，比方說，潛入者可以在水中閉氣十分鐘，但『本體』不能承受，可能會引致死亡。」

月瞳呆了。

「沒錯，或者『靈魂鑑定計劃』在十多二十年後，還在其他人身上進行中！」

《不需要刻意去找話題，靜靜陪伴就是最好的關係。》

第二十七章 追查02 TRACING

7月21日晚上。

元朗西鐵站，發生了白衣人無差別襲擊途人事件，當晚，書展結束後我在會展坐巴士回家，一直看著直播，有一種心寒的感覺，我心中只是在暗忖……

為什麼還沒有警察到場？

為什麼還沒有警察到場？

為什麼？！

白衣人拿著木棍、藤條不斷攻擊在元朗站的市民，我心中很憤怒，香港為什麼會變成這樣？一個被喻為最安全的城市，為什麼會有人可以肆無忌憚地打人？

此時，我們六人的TELEGRAM GROUP響起了訊息的聲音。

「你們有沒有看直播？」子明寫著。

「有，很可怕😥，我不敢著黑色衫出街了。」媛語說。

「媽的！我現在想立即出去幫手😡😡😡！」阿坤怒氣沖沖。

「你別要去！很危險！」月瞳說。

「我明白大家的心情，但請大家保持冷靜。」我輸入。

「等等！！！剛才……剛才我看到展雄，在直播！」媛語說。

我按入立場新聞FACEBOOK的直播專頁，畫面正播著黑衣人慌忙逃入車廂之內，就在兩秒後，一個熟悉的身影在車廂內走過，的確是展雄！

我立即用另一台手機打給他，他也快速接聽！

「展雄，你為什麼入了元朗？」我心急地問。

「威！」他上氣不接下氣地說：「我見到！」

「你見到什麼？」

「梅林菲！你形容的那個健全的梅林菲，我看到了！」他上氣不接下氣說：「我看到他穿著白衣走入了車廂，我正在找他！」

「什麼？」我瞪大了雙眼，看著另一個車廂內，白衣人正走入去打黑衣人：「展雄，你先冷靜，你現在的位置很危險！」

「但我想……我想找到他！」

「不，那些白衣人瘋了，四處用棍打人，你先去一個安全的地方躲起來！」

「但……」

「已經證明了我在6月12日沒有看錯！這已經足夠！」我大聲地說，巴士上的乘客也看著我：「梅林菲再次出現，也許是有心讓我們知道，這絕對不是巧合，線索更明顯了！」

他沒有說話。

「別要受傷，回來我們再討論！」

「好……好吧。」

我看著畫面上白衣人不斷揮棍亂打，我不敢相信自己的眼睛，這是我出生以來，從來也沒見過在香港發生的事……

這麼荒唐、這麼無理、這麼無法無天的事！

更荒謬的，已經超過了半小時，一直說「除暴安良」、為市民服務的警察呢？

一個也沒見到！

……

…

.

凌晨時份，展雄駕車來了大埔找我，子明與阿坤也一起來到。

我們四個大男人來到了海濱公園，坐在直升機坪對出的碼頭樓梯，喝著啤酒看著直播新聞。

展雄已經把今日發生的事告訴他們，他跟我一樣，看到的梅林菲，也是比他實際年紀年輕，而且是身體健全的，因為是一剎那發生的事，展雄也跟我一樣，「感覺」他就是梅林菲。

「自從我們取回了記憶之後，出現了太多的巧合。」子明說。

「當多個巧合圍繞著一件事而發生，那已經不再是巧合。」我認真地說：「加上梅林菲兩次像有意無意地出現於我們的面前，這絕對不再是巧合。」

「看來我們這一組『靈魂組系』，真的要再次合體了。」展雄說。

「媽的！現在我也很想找出真相！」阿坤說。

然後，他們三個人也看著我。

沒錯，十八年前一樣，現在也是一樣，他們等待我發號施令。

「好吧，書展之後我會分配大家工作，正式進行『別相信記憶』後續調查。」我說：「我會跟月瞳與媛語說明，雖然我們沒法再次分享靈魂，不過，我們還是……」

「最強的組系！」我們四人一起大叫。

《用四個字，形容你最好的朋友，你不只想到一個朋友？恭喜你。》

第二十七章 追查 TRACING 03

2019年7月27日。

因為21日的事件，元朗舉行了一次遊行，雖然警方發出「反對通知書」禁止了遊行，但依然人山人海，著上黑衣的市民走進元朗一起行街、看牛、買老婆餅。

我在大埔到元朗的巴士上，看著已經整理好，有關我們最近發生事件的資料。

這星期的行動：

行動一：媛語、阿坤，在大廈找尋鄭加麗，了解這十多年來，在她身上有沒有發生了什麼奇怪的事。他們還會繼續嘗試找尋當年其他組系的實驗成員。

行動二：子明、展雄，找尋梅林菲婆婆家人，鎖定了第一個目標是梅業基，就是梅林菲的兒子。還有，他們會繼續跟進在埃及死去的所長與鄺氏研究中心其他十三名員工之事。

行動三：我、月瞳，我們會繼續跟進二宮與殺死他的小野俊太的案件，會一直聯絡北野和真取得第一手資料。另外，出現了「新梅林菲」的事，我們也會著手調查。

書展之後，本來想休息一下，現在比書展前更忙了，除了寫書、關注香港發生的事，還有調查有關我們的事。

我看著巴士外的風景，由大埔到元朗會經過八鄉等鄉郊地方，沒有高樓大廈，人也不多，卻讓我看到繁榮的香港，也有另一種風景。

「小野俊太……」我在自言自語。

之前我跟他們討論過，小野俊太在監獄死亡，以法醫學角度，在正常情況下是不可能發生的，沒有任何工具可以造成頸上的傷痕，而且監牢內也沒有任何可以吊死他的工具，他不可能因為窒息而死。

不過如果是「靈魂鑑定計劃」的組系成員呢？這情況就有可能發生，當然我不能跟北野和真說出靈魂鑑定計劃的事，我只能叫他調查在日本同一時間死於窒息勒死的人。

此時，我的手機響起，是北野和真。

「阿威，找到你！」他緊張地說：「在全日本同一時間死亡的人之中，有一個男人跟小野俊太的死亡情況一致，他是在家上吊死去，最可怕是，我們把他跟小野俊太的肌肉組織比較過，頸部被勒的部位情況是……完全一致！」

我們沒有估錯，「靈魂鑑定計劃」沒有完結！只要把同一體系的人勒死，沒有離開對方身體的靈魂，同樣會死去！

「威。」北野和真凝重地說：「你為什麼會知道在另一個地方有可能出現一個跟小野俊太死亡方法一樣的人？現在，你需要如實地告訴我。」

我在猶豫著。

「這麼多年來，我也知道二宮跟你們有著什麼的秘密，我知道二宮不想說，也沒有多問，不過，現在二宮的死出現了很多疑點，你不能再隱瞞我，我們要合作，然後替二宮沉冤得雪！」

「好吧。」我嘆了一口氣：「不過，接下來我所說的事情，就好像懸疑小說情節一樣，或者你不會相信，但的確是真實發生的事！」

一個殺死二宮的人，卻在「靈魂鑑定計劃」被其他人所殺，很明顯地，事情不是完結，而是再次開始。

就如我寫的小說一樣，第一個「結局」不是真正的結束，第二、第三，甚至第四個結局，才是真的完結。

突然，我腦海中出現了一個問題……

所有事的「源頭」是什麼？

《預料中的失去，比不辭而別更痛苦。》

第二十七章 追查04 TRACING

大埔廣場某餐廳內。

媛語與阿坤已經找到了鄭加麗，他們用了很多時間向鄭加麗解釋找尋她的原因，當然，鄭加麗還是半信半疑。

「妳說我也沒有了那三年的記憶？而且我曾經想用刀傷害妳？」鄭加麗笑說：「我聽完你們的整個故事，我還以為是小說情節！」

她的髮型不再是捲髮，不過妝還是很濃。

「數個月前，當阿威找上我時，我的感覺也跟妳一樣，心中想是真的嗎？在我身上真的發生過這件不可思議的事嗎？」媛語說：「當時我也不相信，不過，卻是真實存在的事。」

「沒錯，不然我們也不會找上妳。」阿坤點頭。

「好吧，就算你們所說都是真的，找我又有什麼事呢？如果我真的已經忘記了那三年的記憶，我又為什麼要找回來？」鄭加麗說。

「妳不是忘記了，而是被修改了記憶。」媛語說。

「好吧好吧，妳怎樣說我也不太相信，其實你們想我做什麼？」鄭加麗開始有點不耐煩。

阿坤把手上的資料遞給鄭加麗看。

「這是你們『靈魂鑑定計劃』組系一的名單，妳有哪個名字記得或認識嗎？」他問。

鄭加麗看著阿坤的手機，手機寫著其他人的名字，鄭加麗、程旭、李東燊、葛亮盈、黃柏諭與黃彥健。

她瞪大了眼睛：「黃彥健？阿健也有關係？」

「妳認識他？」

「我不知道是不是同名，不過，我有個中學同學叫黃彥健，最近我聽舊同學說，他從監獄放出來了。」鄭加麗說。

「什麼？為什麼會入獄？」

「聽聞就是殺人，還是誤殺呢？我也不太清楚，但好像已經坐了十多年的監。」鄭加麗說。

「妳知道當時是他阻止妳向我攻擊嗎？」媛語說。

「怎可能？我畢業後也沒有跟阿健接觸過！」

「不，不是沒有，只是妳被修改了記憶而已。」阿坤說：「妳應該跟我們一樣，被催眠過。」

「妳可以找到黃彥健的聯絡？」媛語問。

「也可以找找畢業的紀念冊看看。」鄭加麗說：「不過，我也不知道有沒有丟了。」

「謝謝妳！」媛語說：「鄭小姐，老實說，那三年的記憶未必是快樂的記憶，不過，我們還是想找出『真相』。」

「我還是不太相信，不過，我就嘗試幫助你們吧。」她說。

「謝謝妳！」媛語高興地說。

然後，阿坤拿出了三本書：「或者，妳看了後會更加清楚整件事。」

「這是……」

「失去了三年的記憶，當中，有妳的出現。」媛語說。

「有我？」

鄭加麗拿起了其中一本小說，用一個懷疑的眼神看著。

書名叫《別相信記憶》。

孤泣著。

××××××××××

土瓜灣哥登堡餐廳。

子明運用了他的網上尋人能力，找到了梅林菲的兒子梅業基，今天展雄與子明約了他出來。

「你用什麼藉口約他出來？」子明把聯絡交給了展雄。

「沒有藉口，直接問他梅林菲的事。」展雄說：「你可能誤會了，不是我約他出來，而是……他約我。」

「什麼？」

此時，餐廳的大門打開，一個貌似三四十歲的男人走了進來。

他走到展雄與子明的前方：「你好，我是……梅業基。」

《儘管回憶會是痛苦，也值得記起的回憶。》

第二十七章

追查05

TRACING

展雄希望他可以拿出證件確定一下，梅業基也非常合作。

在他的身上，展雄完全感覺不到有梅林菲的氣息，反而之前那個在元朗遇上的男人，卻擁有梅林菲的「感覺」，他更加肯定，當天所看到的人，就是一個利用「靈魂鑑定計劃」換來身體的梅林菲。

他沒有死去，一直生存下來。

「我可以先問你一些問題嗎？」梅業基說。

「當然可以。」子明說。

「你知道我父親去了哪裡嗎？」梅業基帶點激動地說：「已經二三十年了，他到底去了哪裡？」

展雄與子明對望了一眼說：「我們也想知道有關你父親的事，我也不知道他現在在哪裡。」

他們開始「交換情報」。

梅業基的母親在他還是小孩時已經死去，在梅業基十歲前，梅林菲離開了他們，同時離開了香港，去了津巴布韋，當年不到十歲的他根本沒法留下自己的父親。不久，他就被送到親戚家暫住，從此以後，直至現在他也沒有再見過自己的親生父親。

「差不多三十年了，是生是死也跟我說一聲吧？為什麼要把一個十歲不到的小孩留下！」

經過了三十年時間，梅業基還是放不低父親突然失蹤這件事。

因為他們不能說出「分享靈魂」的事，展雄只能編出一個故事，說多年前在津巴布韋遇上了梅林菲，然後成為了朋友。

在交談之中，身為兒子的梅業基，比展雄他們更不了解自己的父親，不過直至問到婆婆的事，終於有新的線索。

「我想知道，你婆婆的眼睛是不是看不到東西？」子明問。

「她的眼睛一直也不好，不過未至於完全看不到東西。」梅業基說。

「不如我直接一點問吧，婆婆是不是盲人？」展雄問。

梅業基搖頭：「不，她當然不是盲的！」

他們二人也呆了一樣看著他。

即是說，當年在荃灣老圍村見到的婆婆……

一直在說謊！

「我想知道，當年婆婆有沒有說過你父親有回來過香港？」展雄追問。

「如果他有回來，婆婆必定會跟我說的！可惜，他從來也沒有回來找我。」他說。

梅林菲婆婆除了欺騙阿威他們之外，還欺騙了自己的孫兒。

當年，他們六人去找梅林菲婆婆，也許全部都是「梅林菲遊戲」的計劃一部分，婆婆是知道梅林菲的計劃，她說「感覺」到靈魂也是在說謊，或者，梅林菲只是想他們走錯方向，讓遊戲更好玩、讓故事更加曲折離奇。

而更重要的是，梅林菲要他們來到頂樓，發現其他組系的資料，用意就是要他們更加覺得奇怪、更加想……「追查下去」。

「梅業基，我想跟你說，暫時我們沒法找到梅林菲。」展雄認真地說：「不過，我想讓你知道，你的父親梅林菲……**還未死去**！」

××××××××××

2019年7月27日，晚上。

我看著不斷重播的新聞，警方再次使用催淚彈、海綿彈及橡膠子彈等等武器攻擊示威者，衝突中拘捕十一名男子，年齡介乎十八歲至六十八歲，涉嫌非法集結、藏有攻擊性武器、襲警及襲擊等罪行。

明明，我在元朗「購物」時，市民也非常和平，但當警察出現後，情況就立即急劇升溫，其實，根本就不需要什麼警方武力介入，大家都是和平表達訴求。

一個最恐怖的社會，就是「不適合擁有武器的人擁有武器」，這才是……

真正的「恐怖組織」。

今天媛語、阿坤、子明與展雄也開始了各自的調查，雖然現在我有一點睡意，不過我還是想整理完手上的資料才去睡。

我已經把十多年前發生在我們身上的事告訴北野和真，最初他當然不相信，不過，我們把所有發生的事再次「連在一起」後，他沒法不相信了。

我已經把我小說內的資料以及「靈魂鑑定計劃」的詳情及使用方法，全都告訴北野和真，我也沒想到，會有一天，我的小說，可以用來協助日本警方調查。

「好吧，繼續努力。」

正當我跟自己打氣之時，我才發現桌上的咖啡已經喝完。

然後我走到廚房打開了雪櫃，沒有。

看來又要去買了，嘿。

沒有飯吃我也不會下樓，但沒有咖啡喝，我一定會去買。

凌晨時份，我穿上黑色的T恤走在沒人的街上，老實說，從前我是不會怕的，不過最近出現了太多黑衣人被襲擊的事，我也加倍小心。

在便利店買完咖啡後，我轉入大街，可能我滿腦子也是今天所發生的事，我不小心撞到另一個路人。

「對不起，我……」

「沒事沒事，我是專程來找你的！」

我立即抬起頭看著他……

我比見到打人的白衣人更驚慌！退後了兩步！

「你……你是……」我口吃地說。

「我們不是已經見過一次了嗎？」他微笑。

他……他就是6月12日我見到的那個男人！

那一個擁有梅林菲感覺的男人！

「梁家威，第三層記憶……開始了。」

《你是不想忘記？不肯忘記？還是不敢忘記？》

DON'T BELIEVE IN YOURSELF
EPISODE 04

ВОЛЫНСКАЯ ГУБЕРНIЯ
52 316
13 57
4 4
23 155
2 9
78 480
68 402
35 204
4058 23688
122
4170 23688

後記
Buckle Row
Bull Street
Bull Lane
Button Alley
Butts Lane
Cannon Street
& Needles Alley

後記

凌晨時份。

「就算，我的記憶消失，忘記了妳，我還是會留在妳的記憶之中。」

我寫著這一句。

「不緊要，妳忘記了，我記得就夠。」

我對著空氣說出這一句。

然後，我呆呆地看著滿是字的螢光幕，現在，半個字也打不出來。

很久沒嘗過這種感覺了。

其實，什麼才是「真實」？

有回憶、有經歷、有過去、有記憶的人生，才算是人生？

聽著某首舊歌覺得好聽，是因為歌曲給我們很多回憶，看電影、讀小說、吃東西、嗅到某些香味，都是因為有「回憶」，才會讓我們對事物加深「感覺」，如果沒有回憶……

不算是人生。

尤其是像我這些喜歡回憶的人，無論是痛苦還是快樂，回憶對我來說是一種……

「免費的娛樂」。

我喜歡用文字、圖片去記錄我的過去，因為我不是一個記性很好的人，我需要記錄下來。

就如我從1995年12月31日寫日記開始，直至現在，也沒有停止過記錄我的「人生」。

就算由2000年12月21日到2003年12用13日，那三年的回憶我也有記錄下來，只不過，發生了「別相信記憶」的故事，我才會「忘記」。

不，不是忘記，而是……「被修改了」。

當然，你可以當成小說來看，不過，由出版第一部《別相信記憶》，我已經說了，全部都是「真人真事」改編，有很多曾發生的「回憶」，真實地發生在我身上。

但在這一刻，我因為一句說話，我不知道要不要寫出我的「故事」。

「就算，我的記憶消失，忘記了妳，我還是會留在妳的記憶之中。」

如果，我出版了這本最後真相的小說，「那個人」會立即看到嗎？這是我最不想發生的事。

因為，我……

「暫時不想讓她知道」。

我再次反問自己，其實什麼才是「真實」？

有回憶、有經歷、有過去、有記憶的人生，才算是人生？

如果沒有「共同的回憶」，又能否說是真實？

有發生過，就是真實。

可惜，「她」現在根本不會知道。

但如果，我只是說如果，她在不久將來就看到這個故事，會變成怎樣呢？

不，如果「妳」真的看到這裡，我想說……

我想寫一句，在我七十多本書之中，從來也沒有出現過的句子。

「本故事純屬虛構」。

不是真的。

絕對不是。

我的「第三層記憶」，都是虛構的。

「不緊要，妳忘記了我，我記得就足夠了。」

ВОЛЫНСКАЯ ГУБЕРНІЯ
52 316
13 57
4 4
23 155
2 9
78 480
66 402
35 204
65
4058 23688
122
4170 23688

第十八章 失蹤

MISSING

2019年8月5日，全港大罷工與七區集會。

同時，這一日，是六月至今單日施放最多催淚彈的一天，金鐘、旺角、黃大仙、沙田、大埔、荃灣、屯門七區，警方一共發放了八百發催淚彈、一百四十枚橡膠子彈及二十發海綿彈驅散示威者。

這天，媛語、阿坤、子明、展雄與月瞳參加完遊行後，一起吃飯。

「阿威去了哪裡？這星期沒法找到他。」媛語問月瞳。

「我也想知道，我找過他的助手海靖，她說這星期沒有回工作室，也聯絡不上他。」月瞳說。

「媽的，這麼奇怪？」阿坤在懷疑：「孤仔很少這麼沒交帶，而且明明大家也還在努力調查中，他不會突然消失的！」

「可以找他的妹妹問問？」子明問。

「我也有找過他妹妹，她說阿威也曾經這樣失蹤過，突然就去旅行取靈感，找不到他很正常。」月瞳擔心地說。

「妹妹不知道我們正在調查的事，所以她覺得很正常也說得過去。」媛語說。

「我登入過社交網頁，他也沒有更新，我試試駭入入境處的系統，看看他有沒有出過境。」子明已經準備好電腦，他立即工作：「你們繼續討論吧。」

「阿坤、媛語，你們有沒有聯絡上那個叫阿健的？」展雄問。

「沒有，鄭加麗找到了紀念冊，有黃彥健家的電話，我們有打過去卻沒人聽。」媛語說。

「我每天都有打電話，卻沒有接聽！」阿坤和應。

「紀念冊沒有寫地址？」月瞳問。

「沒有，而且子明也查過黃彥健這個人名……」阿坤說。

「對，全香港有三十二個黃彥健，不過沒一個地址是這個黃彥健登記的。」子明一面敲打著鍵盤一面說。

「最衰孤仔不在，不然可以跟他討論一下，媽的！」阿坤說。

他們沒有說話，大家心中都非常擔心阿威，再加上現在香港的情況，一切也變得不太樂觀。

「二宮死亡的事呢？北野和真有沒有聯絡妳？」展雄問月瞳。

「阿威已經把全部事告訴了他，他也正在跟進之中。」月瞳說：「不過，有一點他覺得很奇怪的。」

「是什麼？」阿坤問。

「就是二宮當日為什麼要來香港？而且還要在訪問節目提出『危險』的訊息？」月瞳說。

「的確，我們一直也沒有注意這個問題。」展雄說：「我們只是在記憶中接觸過二宮，但在現實中，我們從來也沒有跟他見過面，他來香港是不是有什麼要告訴我們？」

「他的太太櫻田美內子曾說過，他當時是帶著一支特製的電子煙手槍，代表了他已經對危險狀況而早有準備。」月瞳說。

「沒有。」此時子明對著大家說：「阿威沒有出境記錄，他還在香港，不過我依然沒法追蹤他手機的GPS位置，未知道他在哪裡。」

「如果我們還可以分享靈魂就好了。」媛語突然說：「跟從前一樣……」

「沒辦法了，我們只能等阿威出現。」月瞳給大家信心：「我知道他不會有事的。」

她看著玻璃窗外的風景，口說不會有事，但心中還是很擔心。

她再次回看著TELEGRAM的畫面。

「快聯絡我吧，阿威！」

她輸入著。

《為何身在同一片天空，人還是會無故失蹤？》

第二十八章

2019年8月6日。

浸大學生會會長在深水埗鴨寮街購買觀星筆後，被便衣警員拘捕，指控為藏有攻擊性武器，此事件引起全港市民不滿。

凌晨時份，在二十四小時寵物店工作的月瞳剛下班，正離開寵物店。

「月瞳你要小心，深水埗現在很亂啊！」媛語在電話說。

「不用擔心我，我更擔心阿威。」月瞳說：「還是沒法跟他聯絡。」

「今天也找不到他，我有想過要不要報警。」媛語說。

「我很擔心，但總是覺得他的不辭而別，必定有屬於他的原因。」月瞳說。

那三年的記憶再次回來後，在月瞳心中的阿威的確改變了很多，不過，他們還是對方最重要的朋友、知己。

月瞳總是覺得，阿威不是「突然消失」，而是有他暫時離開的理由。

「好了，我快到通宵小巴站，妳不用陪我了。」月瞳說。

「好吧，妳自己要小心，回到家後要打電話給我。」

「嘻，知道了，妳好像變成我男朋友一樣。」

「不，我現在是妳老公，妳要乖乖安全回家，回家後要跟我報平安。」

「知道了！」

她們掛線後，月瞳坐上了回家的通宵小巴，她帶上了耳機，聽著一首2003年的歌曲。

「你十七歲　早起晚睡　每日要飲幾罐汽水~」

陳冠希的《你快樂嗎》。

她想起小時候的阿威，同時，她想起了當年還是少女的自己。

我們都在一天一天長大，曾經喜歡喝汽水的，也許已經變成欣賞紅酒；曾經幼稚的自己，也因為壓迫的生活，慢慢地變得成熟，本來簡單的想法，也開始變得複雜，無論是人際關係還是愛情，不再完全相信甜言蜜語，只會相信一起相處時的感覺，只要相處得舒服就好了，不再追求刺激與新鮮。

月瞳想到這裡，眼睛泛起淚光，她不是因為想到壓迫的生活而感到傷感，而是在感慨著自己已經成長，不再像從前的小女孩。

她看著玻璃窗上的自己，她是微笑著的。

此時，她看到坐在她身邊的男人把一張紙巾遞給她。

「給妳。」他說。

月瞳尷尬地接過紙巾：「謝……謝謝。」

「這麼多年沒見了，妳……還是這麼美。」他突然說。

月瞳立即看著男人！

「你……」

「忘了我嗎？妳的相片一直也在我的銀包之中！」男人微笑：「我很想妳，日月瞳。」

這是月瞳有意識最後聽到的說話。

在下一秒她已經……「沒有了自我」。

更正確來說，她的身體被……
另一個靈魂控制了。
那個男人，就是……黃彥健！
從監獄放了出來的黃彥健！
……
：
．
兩小時後。
月瞳醒了過來，她正在一間陌生的房間之內。
「我……在哪裡？」她看著少女風格佈置的房間：「等等……我剛才……剛才在小巴之上……」
此時房間的大門打開。
「醒了嗎？」他拿著食物進來：「妳應該餓了，我買了東西給妳吃。」

他是黃彥健。

正當月瞳想逃走之時，她發現自己的手腕被扣在床架上。

「為什麼……為什麼要捉我來這裡？」月瞳心跳加速。

「月瞳，妳忘了嗎？我們曾經是最好的『紅顏知己』！」

月瞳呆了一樣看著他，「紅顏知己」這四個字……她只想到了阿威。

「對對對，妳應該忘記了！哈！」黃彥健奸笑：「這十五六年來我在獄中也很想妳，不過我現在回來了，妳就不用怕！」

月瞳完全不知道他在說什麼，她腦海中出現了阿威的樣子，心裡默念……

「快來救我！」

《再次回想，有些人根本不值得被原諒。》

「來，快來吃，冷了不好吃。」黃彥健說。

「我不吃！快放我走！」月瞳大叫。

「別要這樣，我來餵你。」黃彥健走近了月瞳，把一碗麵遞到她的面前：「吃吧，妳肚餓了。」

「別走過來！」月瞳一掙扎就把他手上的碗打翻！

「幹！我很遠買回來的！」黃彥健一巴掌打在月瞳的臉上，他自己也呆了：「對……對不起，我不是有心的，只是……只是……」

月瞳的眼淚流下，黃彥健坐在床上，用手輕輕撫摸她的臉頰。

「不用怕，或者妳現在不能接受，但慢慢妳就會知道，我們才是一對的，妳的未來是屬於我的！」黃彥健一面笑一面說：「我們要在天上組織一個小家庭，快快樂樂一起生活。」

「你是誰？我根本不認識你！」月瞳不敢正視他。

「妳不是不認識我，妳只是……忘記了我。」黃彥健輕撫她的秀髮：「『他』說過，就算忘記也還存在的愛才是真實的愛！我知道我們就是這樣的關係！我知道的！」

黃彥健想強吻月瞳，月瞳奮力反抗，她被扣在床背的手也扯到出現了血痕！

黃彥健整個人騎在月瞳的身體之上，月瞳動彈不得！

「不要這樣！不要！」

「別反抗！我們是一對的！一對的！」

月瞳一口咬著黃彥健的手指，黃彥健再次一巴掌打在她的臉上！他強吻月瞳的頸，月瞳痛苦的呻吟聲，讓黃彥健的獸性更濃！

「妳是屬於我的！我等了十五年！十五年！我終於可以佔有妳！」黃彥健的手已經伸到月瞳的下體附近：「『他』說得沒錯，我們還是存在愛的！我永遠是他的……『使徒』！」

「救我……阿威……救我！！！」月瞳痛苦地大叫。

同一時間，黃彥健突然停了下來。

「妳……叫著誰的名字？」他的表情扭曲，就像不敢相信她的說話。

「阿威……救我……」

「為什麼不是叫我的名字？為什麼在叫那個阿威？！」黃彥健的手由下方變成雙手捏著月瞳的頸部：「不准叫其他人的名字！要叫我！黃彥健！阿健！」

黃彥健的力氣比月瞳大太多，月瞳完全沒有反抗的餘地，她沒法呼吸，本來想用力掙扎，漸漸全身無力……

「沒辦法了，妳就在天堂上等我！我完成了『使徒』的工作，很快就會來找妳！」

黃彥健已經瘋了，他把愛變成了恨，他要把深愛的女人……殺死！

在月瞳快要失去知覺前，她的腦海中出現了從來也沒出現的「回憶」！

在死前會出現生前的回憶？

月瞳的瞳孔放大，回憶像幻燈片一樣的不停轉回她的腦海之中……

……

…

.

1999年5月。

「十秒倒數……月瞳，笑！」黃彥健說。

月瞳勉強笑了一下，快門發出咔嚓的聲音。

「今天沒化妝啊！我不想拍照！」月瞳扁著嘴說。

「沒問題的！妳有沒有化妝都這樣美！」黃彥健高興地說：「我會把相片曬出來，然後放在我的銀包之中！」

「好了好了，我們走吧，快去吃東西！」月瞳笑說。

「好！」

黃彥健沒有說謊，他跟月瞳的確曾經有一段很好的關係，甚至比月瞳認識阿威更早的關係。

但為什麼月瞳的「第一層記憶」中，從來也沒出現黃彥健這個人？之後在大埔的停車場以及在梅林菲住所三樓也見過黃彥健的相片，為什麼當時的月瞳認不出這個曾經認識的人？

沒錯，答案只有一個……

他們的「第一層記憶」，也不是「完整的記憶」，部分記憶也曾經被人……

刪除了。

《不被需要的，就是關係疏離的原因。》

失蹤04 MISSING

第二十八章

人死後靈魂會去了哪裡？

更準確的問題，是人類的「肉體」死後，還未到死亡時間的「靈魂」會去了哪裡？

沒有人可以有一個真正的答案。

因為死了的人……沒法再次說話。

月瞳的回憶再次回來，回憶起黃彥健，一個自己不喜歡的網友，可惜，她已經……

只要再過多十秒，她會窒息而死……

還有六秒。

她再沒法見到深愛的人與事……

三秒後。

她只能成為別人的回憶……

「啪！！！」

死亡前的最後三秒時間，就如停頓了一樣，月瞳再次呼吸，她矇矓地看著前方，黃彥健已經不見了，同時出現了強烈的嘈雜聲音！

「媽的！你想做什麼？你想殺人嗎？！去你的！」

一把熟悉的聲音，阿坤的聲音！

月瞳還未完全清醒，她迷迷糊糊聽到更多的聲音，直至，一個男人走向了她。

「月瞳！月瞳！月瞳！」

他叫著自己的名字。

是另一把聲音，更熟悉的聲音。

「沒事了！我們趕過來了，我立即送妳去醫院！」

月瞳用盡全身的氣力睜開眼睛……

她微笑了。

「阿威。」

在場的，還有阿坤與展雄。

媛語跟他們說聯絡不到月瞳，怕她出事，然後子明利用他的電腦技術，找到了月瞳手機的位置，立即趕過來元朗工業區的一個單位之內。

同時，已經失蹤了的阿威再次出現，一同來到單位拯救月瞳！

阿坤已經把黃彥健制服在地上。

「放開月瞳！放開她！她是我的！」黃彥健大聲叫嚷。

阿威轉頭看著他：「黃彥健，已經完結了，而且，月瞳不是屬於你的！」

「去你媽的！我等了十多年，就是等這一刻！你放開她，我們是彼此相愛的！」

黃彥健繼續瘋了一樣大叫，阿坤一拳打在他的臉上。

「我已經報警。」在旁的展雄說。

「月瞳，妳等我一下。」阿威放下了她的手，走向了黃彥健面前蹲下來。

「你……你想做什麼？放開我！」黃彥健還在掙扎。

「一切已經結束了。」阿威認真地看著他：「你已經不能做『他』的……『使徒』！」

阿威為什麼再次出現？

他所說的「使徒」又是什麼意思？

而他所說的「他」又是誰？

「阿威，你這星期去了哪裡？我們都很擔心你，現在又突然出現，你要一五一十告訴我們。」展雄拍拍他的肩膀說。

「放心吧，我會跟你們說清楚。」阿威看著還在床上的月瞳：「我已經知道……**全部的真相**！」

××××××××××

四天後。

8月10日，香港警務處以「公共安全秩序風險極大」為理由，發出反對通知書，反對這天的遊行，不過，依然有大批市民上街。

月瞳身體沒有大礙，已經出院，而黃彥健被控非法禁錮與意圖謀殺，還押監房。

今天，阿威約了他們五人來到工作室。

「月瞳妳沒事就好了。」媛語握著她的手。

「沒事，幸好當晚妳通知大家。」月瞳笑說：「是妳救了我。」

「媽的，是我制服那個黃彥健，妳不多謝我嗎？」阿坤大笑。

「還有我！是我找到妳的位置！」子明也搶著邀功。

「是我報警的。」展雄托著腮微笑。

「多謝你們！」月瞳看著眾人，給他們一個鞠躬：「沒有你們，我可能已經……」

「別要說什麼死之類的。」阿威插嘴：「有我們在，妳不會有事的，哈！」

「你還敢說？你失蹤了一星期，你到底去了哪裡？」媛語有點生氣。

「好吧好吧，我現在就把所有真相告訴你們！」

阿威站起了起來：「這星期，我也跟……梅林菲在一起！」

《你以為你走錯路，其實是你必經之路。》

「跟梅林菲在一起？什麼意思？你被捉走了？」子明問：「我當時完全找不到你的位置，你的手機一直關著！」

「不，我不是被捉走的，我是想知道『真相』而跟他走的。」阿威說。

「等等，你說的梅林菲，就是我跟你也曾遇上的那個男人？」展雄問。

「對，更正確的來說，是一個跟梅林菲外表非常相似的梅林菲。」阿威已經準備好一塊大的白板，在白板上寫出梅林菲的名字：「他利用了『靈魂鑑定計劃』，得到了另一個人的身體。」

「他當年真的沒有死去？」阿坤問。

阿威點頭：「他不只沒有死去，而且在之後我們失去記憶的十數年間，繼續他的實驗。」

當年張索爾與梅林菲在玩著一個「死亡遊戲」，張索爾想利用「靈魂鑑定計劃」來賺大錢，而梅林菲卻想成為獨一無二擁有這項控制靈魂能力的人。

「簡單來說，他想成為世界上獨一無二的……『神』。」阿威在白板上寫上一個「神」字。

阿威組系的人，一直在他們二人的遊戲之中被利用，慶幸他們替梅林菲勝出了這場遊戲。

「當年在東京與倫敦，首次遇上了張索爾組系的人，我們沒人被殺，還有，在日本學校雜物室內的電腦，張索爾刻意留下了提示與線索，都是梅林菲的安排。」阿威說：「最後他更利用了我的性格，把殺他的權利交了給我，當然，我沒有開槍就離開了，他就可以在地下實驗室假扮自殺，其實他在房間的暗道逃走了。」

「梅林菲連這一步也計算好……」月瞳說。

「對，他要徹底地完成自己的完美計劃，當贏出整個遊戲，他才會覺得自己稱得上是『神』。」阿威指著「神」字。

「那梅林菲的媽媽……」

展雄正想發問，阿威已經搶著說：「沒錯，她眼睛不好是真的，不過她不是盲的，她根本就知自己兒子的事，婆婆是在幫助梅林菲，當年她說可以『感覺』到靈魂，根本就在說謊，她的用意，就是想我們繼續追查下去，當然，我們當年竟然沒想到一個『漏洞』。」

「一個坐輪椅的人怎樣可以走上三樓的工作室？」子明說。

「錯了。」阿威說：「因為當時我們還未知道梅林菲與張索爾交換了身體，所以根本不會想到坐輪椅不便的事。」

「好像有些問題。」月瞳在思考著：「當年我們得到的情報是四個地點，分別是香港、日本東京、英國倫敦與津巴布韋，應該全部都是張索爾的『根據點』，但如果梅林菲媽媽是接觸坐著輪椅真正的梅林菲，而不是奪得梅林菲身體的張索爾，這樣完全說不通。」

「聰明！這就是我們沒發現的漏洞！」阿威在白板寫上四個地點：「而回答你這個問題非常簡單，就是張索爾收藏『靈魂編碼器』的地方，只有三個，東京、倫敦與津巴布韋，而香港根本就完全沒有關係，讓我們走到梅林菲的香港住所，只是他給我們一直追查下去的『引導』。」

「他在三樓放出了其他組系的人資料，卻不讓我們知道更多，然後我們就會對其他三個地點產生興趣。」展雄說。

「沒錯，這樣我們就正正式進入他們的遊戲了。」阿威圈著白板上「計劃」兩個字。

梅林菲的計劃完全捉摸到阿威他們的心理，現在回想起來，他們仍然有一份心寒的感覺。

「這些都是那個『新梅林菲』跟你說的？」展雄問。

「對。」阿威簡單直接。

「他為什麼會全部都告訴你？」阿坤煞有介事：「難道你現在不是阿威？身體內是梅林菲的靈魂？」

他們五個人一起看著阿威。

「嘿，我沒有跟他分享靈魂。」阿威再次在白板寫下了兩個字：「只是……我差點變成了另一個黃彥健！」

白板上寫上了兩個大字……

「使徒」！

《誰沒有說謊？誰又會為誰去說謊？》

ВОЛЫНСКАЯ ГУБЕРНИЯ
52 316
13 57
4 4
23 155
2 9
78 480
68 402
35 204
4058 23068
4170 23688

第三層記憶

第二十九章

THIRD LAYER

七原罪(Seven Deadly Sins)。

七原罪，傲慢(Pride)、嫉妒(Envy)、憤怒(Wrath)、怠惰(Sloth)、貪婪(Greed)、暴食(Gluttony)及色慾(Lust)，是天主教教義中對人類惡行的分類，在世的每一個人，也曾犯過以上任何一種「罪」。

「他」要找尋代表這七原罪的「使徒」，成為他的最信任的信眾。

「神」的使徒。

他用上了多年的時間，去尋找與創造七位使徒，同時，他利用「靈魂鑑定計劃」去完成他的神之計劃。

他就是……梅林菲。

××××××××××

2019年7月28日凌晨。

阿威與梅林菲來到了山頂的一所別墅中。

「我們已經十多年沒見了。」梅林菲微笑說：「你的外表成熟了，不過我變得年輕了。」

「你會把全部的事情都告訴我？」阿威問：「你所說的第三層記憶是什麼？」

他坐在一張古典的沙發上，不用猜想，這張木製的沙發價值連城。

「沒錯，我那天再次在你面前出現，不就是想你追查下去嗎？不過，最後還是由我來找你了。我會全部都告訴你，因為你是我精心挑選的『使徒』。」梅林菲說。

「使徒？我不明白你說什麼？」阿威狐疑：「還有你說的第三層記憶是什麼？」

「首先，我很喜歡你打開第一層記憶的方法，用颱風的日子真有創意，所以我拿來用在其他組系的人身上。」梅林菲拿來一杯清水。

「你意思是其他組系的人也被催眠？」阿威問。

「對，不過他們沒你們組系一樣好運，你們能夠全部存活下來。」梅林菲想了一想：

「不對，我也有功勞，我也幫了你們很多！」

「好了，我是來找尋真相的，我不是來聽你誇獎自己。」阿威說。

「別要心急，先喝杯水，我們還有很多時間。」

梅林菲把清水遞給阿威，他接過來。

阿威用鼻子嗅嗅水杯，完全沒有味道。

「真像那些給主角毒藥的電影橋段。」阿威當然沒有喝下：「別來這一套了，快說！」

梅林菲暗笑：「你果然聰明，我就是喜歡你的創意與智慧，我的確在水中加了一些東西。」

阿威看著水杯。

「不過……誰說要喝下才會有效果呢？」梅林菲指著自己的鼻子：「你的第三層記憶……真正開啟了。」

是嗅覺！

阿威的頭顱像第一次取回記憶一樣，感覺到強烈的痛楚！

「呀~呀~呀呀呀呀呀！！！」

他倒在地毯之上，雙手按住頭痛苦大叫！

不知過了多久，阿威的叫聲停止，梅林菲蹲在地上，看著滿頭大汗的他。

「我的使徒，我的瑪門，你……回來了。」梅林菲笑說。

瑪門(Mammon)，掌管七原罪中的貪婪，代表了財寶和貪婪的惡魔。

阿威一直也沒有抬起頭，汗水滴在價值不菲的波斯地毯上。

「怎樣了，你終於知道自己是一個怎樣的人了嗎？嘰嘰！」梅林菲高興地譏笑。

阿威慢慢把頭抬起，他……奸笑了，不到半秒時間，他收起了笑容！在他的腦海中，出現了一個矛盾而強烈的訊息。

「我……為什麼會笑了？！」

《貪婪，永不滿足，因為永不滿足，不會快樂。》

第三層記憶 02

第二十九章 THIRD LAYER

第一層記憶的日子——

一、1999年11月19日，進入戲院當天。

二、2000年12月21日至2002年1月1日，沒寫日記的上半部。

第二層記憶的日子——

一、2002年1月1日至2003年12月13日，沒寫日記的下半部。

第三層記憶的日子——

一、1999年11月20日至2000年12月21日，下午三點二十四分。

二、第一及第二層記憶被修改後的記憶。

一直以來，阿威等人也以為被修改的記憶只有「兩層」，就是沒有寫日記的三年時間，2000年12月21日至2003年12用13日。

錯了。

一切也是梅林菲的計劃，他的計劃比「靈魂鑑定計劃」更早已經開始。

如果說是「別相信那三年的記憶」，更正確的說法是……

「別相信那四年的記憶」。

不同的，梅林菲沒有像那三年一樣，把他們全部記憶洗去與加入，他只是「局部性」把部分的記憶「洗去」。

把他們在十多年前，第一次接觸的記憶洗去。

……

…

.

2000年1月1日。

全世界踏入千禧年，當天全香港都在關注「千年蟲」問題。

「千年蟲」，是指電腦程式設計的一些問題，讓電腦在處理2000年1月1日以後的日期和時間之時，有可能出現不正確的操作，導致電力、能源、銀行體系等發生災難性的問題。

當然，最後沒有出現大型的問題。

當天，阿威正在女人街左右兩旁的越南餐廳吃午飯。

「最近的運氣真差，剛出糧已經所餘無幾……」阿威看著報紙的體育版自言自語。

當年的阿威，沒有什麼大志，賭波就是他的嗜好，當然，一向運氣不好的他，又怎可能贏錢？

此時，另一間鞋店的售貨員坐到阿威的對面。

「正好我也放飯了，一起吃吧！」高個子男人說。

「隨便。」阿威說：「今天生意如何？」

「還好吧。」

雖然他們在不同公司工作，而且可能只是知道對方的英文名，不過，大家也是鞋店的售貨員，也經常一個人出來吃午飯，所以很容易混熟。

他們一面吃飯一面聊天，高個子男人突然說：「看你輸很大，你需要錢嗎？」

阿威眼定定看著他：「我對公司很忠心的，我才不會轉去你的公司。」

「我不是這意思。」

「什麼？你要我出賣肉體？」阿威身體傾後搖頭：「不可能，完全不可能。」

然後，高男人在褲袋中拿出一些東西……

五張一千元的紙幣。

「你不用出賣肉體，你只需要做我的『使徒』，並且通過我的『試煉』。」男人奸笑：「這五千元你先拿去吧。」

阿威看著桌上的錢，他當然知道世上沒這麼「便宜」的事，不過，他現在的確是很缺錢。

「使徒？測試？我不明白你說什麼，詳情呢？」阿威問。

「很簡單，你就當是一個故事聽吧。」高男人說：「我需要七位『使徒』，而你就是其中一位，你代表了七原罪的『貪婪』。」

阿威臉上出現了懷疑的眼神，他心中想：「這個人是不是瘋了？」

「你的『試煉』很簡單，現在你答應我之後，我會把你跟我聊天的記憶刪除，在十多年後我會回復這段記憶，當你十多年後還是擁有『貪婪』的特性，你便有資格成為我的『使徒』，到時，你將會得到一生享用不完的金錢！」

阿威看著他詭異的眼神，感覺就像變成了另一個人一樣。

你沒有猜錯，這個高個子男人，他的身體已經被梅林菲……潛入了。

《你是為金錢而活？還是活著為了金錢？》

第三層記憶 03

THIRD LAYER

第二十九章

阿威看著桌上的五千元。

「這是給我的？」他問。

「當然，這只是少數目而已，未來你會得到更多更多。」高男人說。

阿威心中想，這個人一定是瘋了，十多年後的事？他才不管，現在先拿這五千元再說吧！

「沒問題！我答應你！」他一手拿過了那五千元：「未來的事未來再算吧，哈哈！」

「很好，我會一直觀察著你，你必定可以替我……『贏出遊戲』。」

阿威皺眉，這個人愈來愈瘋了，拿錢後就立即走人，他心想。

「好的！贏出遊戲！」阿威扮作看錶：「好了，我時間也差不多，回去公司了，之後我們再聊吧！」

阿威喝下最後一口凍檸水，立刻離開。

他走出了女人街回去，就在他快要走回公司之時，他突然停了下來。

「剛才……」

然後他聽到身後有一把聲音跟他說：「你沒見過我。」

他回頭看……

是剛才那個高個子男人！

不過，阿威好像……好像沒什麼印象剛才見過他。

他們點頭微笑後，各自回到自己公司。

高個子男人把一支針筒，收回褲裝之內，針筒內是少劑量的鈣調蛋白激酶II(alpha-CaM kinase II)。

此時，阿威感覺到頸後有一點痛楚，然後，就是強烈的頭痛，他快步走回鞋店的後倉，他坐到椅上發呆。

良久，他的同事走了過來。

「威？你臉色青青的，不舒服嗎？」同事問。

阿威沒有回答他，他下意識把手插入褲袋，拿出剛才拿走的五千元。

他呆了一樣看著這五張一千元紙幣。

「為什麼……我有五千元？剛才……發生了什麼事？！」

××××××××××

2019年7月28日凌晨。

阿威從一秒的回憶回到現在。

「你記起來了嗎？我們在津巴布韋不是第一次見面，2000年1月1日那天，才是第一次。」梅林菲說。

「這……」阿威跪在地上滿頭大汗：「為什麼……」

「在1999年11月20日至2000年12月21日之間，你以為沒發生任何事嗎？錯了，這就是你的……第三層記憶！」梅林菲高興地說：「當然，其他組系的人也跟你有同樣的情況，比如代表色慾(Lust)的黃彥健，他在這一年內曾經接觸過日月曈，當然他只是暗戀著她。我也把他這段記憶刪除，十多年後，等他從獄中出來後，我讓他恢復記憶，看看他是否仍然這麼深愛日月瞳，甚至深愛到可以……親手殺死她！這樣才配得上成為我其中一位『使徒』！」

「什麼？！你……你要對月瞳做什麼？」

現在的阿威，大腦中出現了極度混亂的「訊息」，一個貪婪的自己與現在的自己不斷地周旋著，最讓他矛盾的是……兩個不同的性格，也是他自己！

「你記得嗎？那天你在提款機前丟下那個女人的錢？」梅林菲問。

「那是……你做的？」

「沒錯，我不是跟你說過，我會『一直觀察著你』？」

「為什麼？你可以……控制我？」阿威問。

當時，阿威已經跟其他五人分享靈魂，梅林菲根本不可能利用「靈魂鑑定計劃」潛入他的身體。

「靈魂病毒。」梅林菲說出了他們想出來的名稱：「當時我聽到之後真想大笑，這個名字實在改得太好了！我記得在津巴布韋的木屋時，你猜想張索爾可能是用什麼方法潛入另一組系，是視線接觸？身體接觸？語言？」

阿威瞪大雙眼看著他。

「哈哈！通通都錯了，因為根本沒有什麼『靈魂病毒』，我是利用了第『六個半』靈魂去控制你！」

《人是會改變的，昨天的你跟今天的你，也許已經有不同的想法。》

梅林菲曾經跟他們說過，一個人的身體不只是可以擁有六個靈魂，更正確的數目是「六個半」，不過，當時他沒有詳細解釋。

「『靈魂鑑定計劃』的研究，發現人類的身體只可以同時共用六個人的靈魂，七個的話，會讓實驗者發瘋，導致腦幹死亡。」梅林菲像在回憶著當年的研究過程：「不過，我們在想，靈魂必定是『整數』？然後，我們再度研究靈魂的數目，最後有突破性的發展，一個人的大腦，可以同時容納多半個靈魂！」

阿威還未完全接受到「第三層記憶」，他痛苦地留心聽著梅林菲的說話。

「說成是『半個』靈魂，其實也不算太準確，因為我沒法長時間控制本體，只有三十分鐘時間，而且九個月才可以潛入一次。同時，不是每個人也可以，最根本要那個人曾經成為『靈魂鑑定計劃』的實驗品。」梅林菲繼續解說：「當然，就只有最原始的『實驗體』，第一代實驗體的我與張索爾，才可以潛入其他組系的本體。」

「那時……在大埔停車場……」阿威問。

「沒錯，那是張索爾做的好事，他想幾個組系互相廝殺，於是潛入了那個女的，而且把她弄到瘋瘋癲癲。」

「為什麼……那時你要潛入我……然後……掉下錢……？」

「因為我要你得到『第二層記憶』後，依然會懷疑記憶出錯。」梅林菲說：「就好像第十二本日記一樣，我要你們發現，明明已經撕掉了的日記，卻再次出現。你的『第三層記憶』已經開啟，你應該記得自己根本沒有撕掉日記吧？這才是你的真正過去！」

第三層記憶，不只是代表1999年11月20日至2000年12月21日這時段內的過去這麼簡單，更代表了被修改了的第一、第二層記憶！

「為什麼要這樣做？」我重複問。

「如果不給你線索與謎團，你又怎會追查下去？你不追查下去，遊戲就不好玩了。」

梅林菲再次用上「遊戲」兩個字。

阿威沒有說話，梅林菲根本完全了解他的性格，只要出現謎團，只要有線索，他一定會追查下去！

「如果你不追查下去，你就沒有資格成為我最有智慧的『使徒』了。」他說：「還有，當年我潛入你身體掉下錢，這才是你的『本性』，貪婪才是你真正的性格，那個才是真、正、的、你！」

「我不是……不是……」

阿威很想用力地大叫，可惜他的頭還是痛得要命，而且，他的內心在掙扎……

「我真的不是一個貪婪的人嗎？」

他腦袋裡的兩種性格互相抗衡，自己跟自己在打仗一樣！

「現在，你的『第三層記憶』回來了，最後的試煉，你將會有用之不盡的金錢，你不再需要寫書，也不需要辛苦地工作，你願意成為我的『使徒』嗎？成為代表貪婪的瑪門(Mammon)？」梅林菲高興地說：「來吧，成為我的『使徒』吧，你不需要傷害任何人，也沒有任何條件，你只要在未來跟隨著我的意思走，就可以成為一個不愁金錢與生活的人！」

過去的自己與現在的自己不斷在阿威的腦海中出現，他們在爭論著最後的決定。

現在的阿威，當然不願意，但過去的阿威卻一直在說服自己。

用之不盡的錢？

不用每日勞碌地寫書？

人生將會變得更加精彩？

可以得到別人沒有的東西？

可以擁有更多一直夢寐以求的物質？

名車、豪宅、高尚的生活、快樂的人生！

阿威想到這裡……笑了。

「嘿嘿嘿……哈哈……哈哈哈！」

瘋了一樣大笑了。

《當墮入金錢的陷阱，難抽身也很難清醒。》

第三層記憶05

第二十九章

THIRD LAYER

2019年8月10日，孤泣工作室。

「你接受了他的條件？！」媛語問。

「如果我是阿坤，應該已經願意接受了。」阿威笑說。

「媽的，你想說什麼？」阿坤舉起了拳頭。

「說笑而已，嘿。」阿威給他單單眼：「我當時的笑容，只是要讓他以為我是一個『貪婪』的人，願意成為他的『使徒』，任他擺佈。當然，他不會知道我欺騙他，也不會知道我的想法。你們記得嗎？就算我們在別人的大腦之內，也不能讀到別人的思想。」

「你要用幾天的時間去跟他相處？所以一直失蹤了？」展雄問：「你想了解更多有關他的事？」

「全中！我要得到他的信任，我甚至把自己的手機收起並關掉，不能跟你們聯絡。」

阿威感慨地說：「老實說，我的確有想過名成利就，成為他的『使徒』，做他的狗，不過，最後我還是打敗了貪婪的自己。」

「我覺得你做得對，梅林菲要你加入成為他的什麼『使徒』，不會是那麼簡單，必定會讓你做更多不情願的事。」月瞳說。

「對，而且我怕他要我去傷害我身邊重要的人，又或是你們，最後我決定不能埋沒自己的良心。」阿威說。

「做得好！」媛語讚賞我。

「剛才你說他可以利用第六個半靈魂去控制其他人……」月瞳說：「即是我走上了小巴，被帶到黃彥健的單位去時，都是由他控制我，然後我自己走上去？」

「應該就是這樣，因為妳也曾經是『靈魂鑑定計劃』的測試實驗人員，而黃彥健當時應該跟梅林菲成為了一個新的靈魂組系，所以梅林菲可以利用第六個半靈魂來潛入妳的身體。」阿威說：「而且妳跟我當年一樣，會失去自己的意識。」

「那天我快要死去的一刻，也出現了認識黃彥健的記憶。」月瞳說。

「也許人之將死，會出現被修改前的記憶也不定。除了我以外，你們五個都被修改了

『第二層記憶』，所以才會出現了撕掉日記的回憶。」阿威說。

「其實第一、第二層記憶也許有些是假的，我們有方法可以知道哪些記憶是梅林菲修改了嗎？」子明問。

「成為他的『使徒』吧，嘿。」阿威笑說：「而且頭痛得快要死去。」

「我才不要！」子明大叫。

「這一星期，你還套到他說出其他的事嗎？」展雄問。

「有，我已經非常了解梅林菲這個人，不是像從前的了解，而是真正的了解。」阿威說：「他是一個非常自我的人，而且好勝心極強，所有事他也希望從自己的計劃中勝出，你們可以想像，梅林菲是一個很想成為『神』的人。」

「他一定是壞人！」媛語說。

「我不知要怎樣說。」阿威認真地看著他們：「他是一個為了達成目的而不擇手段的人，不過，他卻阻止了張索爾利用『靈魂鑑定計劃』去破壞世界的秩序，到底他是對還是錯？我只能說，他是一個『極端自我』的人。」

一個想成為「神」的人，他利用自己對靈魂畢生的研究，讓自己變成「神」，當然，他會傷害甚至殺死那些阻礙他勝出遊戲的人，或者，媛語說得對，他是一個為了自己的目的而不擇手段的「壞人」。

每個人對「好」與「壞」有不同的定義，他不確定梅林菲是不是壞人，但如果梅林菲傷害他身邊重視的人，他就是壞人了。

「為什麼你又在一星期後回來了？」展雄問。

「因為我知道黃彥健想傷害月瞳。」阿威看著月瞳：「黃彥健也是梅林菲挑選的『使徒』，他代表了七原罪的色慾(Lust)，梅林菲利用了黃彥健對妳的愛去控制他，就如我一樣，我是代表了『貪婪』，他用金錢引導我成為他的『使徒』。當然，他給我的試煉失敗了。」

「黃彥健的試煉是？」月瞳問。

「依照梅林菲的說法，當初我們分成三個組系之後，梅林菲知道月瞳跟黃彥健一早已經認識，所以利用了他。當年黃彥健很愛妳，如果刪除了他對妳的記憶，當然也修改了月瞳的記憶，當十多年後記憶再次回復過來，黃彥健還會同樣愛妳嗎？」阿威說：「的確，黃彥健在十多年後做到了，他依然很愛妳，黃彥健對愛的執著比我對金錢的執著更甚，才會想完成梅林菲的試煉，成為他真正的『使徒』。」

「黃彥健這麼愛月瞳，為什麼又要殺她？」媛語問。

「這是梅林菲的計劃。」阿威說：「他想我成為代表『貪婪』的使徒，所以給我用之不盡的金錢去誘惑我，而他對黃彥健的說法是，只要殺死月瞳，月瞳就可以得到永生，月瞳會在天上等待黃彥健，當黃彥健年華老去死後，兩人將可以永遠在一起。」

「變態！」子明像女生一樣大叫：「黃彥健對愛的定義完全扭曲了！」

「你不也是把愛的定義扭曲了？」阿威笑他：「當我知道他要傷害月瞳，我再也不能假扮梅林菲的『使徒』，所以我跟你們聯絡，然後一起拯救月瞳。」阿威說。

「謝謝你。」月瞳再次感激在場的人：「還有你們。」

「這樣就解釋到當年在你身上發生丟錢的事，還有黃彥健為什麼要殺死月瞳，都是因為梅林菲想測試自己所挑選的『使徒』是否勝任。」展雄托著腮說：「阿威，你剛才說是七原罪，即是說還有其他的『使徒』嗎？」

阿威點頭：「當我回憶起所有真實的往事以後，我就知道，原來梅林菲的『使徒』一早已經安排在我們身邊。」

「什麼？在我們身邊？你意思是指當年我們認識的人之中，有梅林菲的『使徒』？」阿坤問。

「對，沒有『他』，所有事情也不會這麼順利發生。」阿威停頓了一會。然後，說出一個他們熟悉的名字。

「二宮京太郎。」

《最信任的人，背叛得最深。》

ВОЛЫНСКАЯ
52 316
13 57
4 4
23 155
2 9
78 480
68 402
35 204
65 349
4058 23658
122
4170 23688

第二十章
使徒
APOSTLE
294
179
53
18
3
568
Bell Street
Bordesley
Buckle Row
Bull Street
Bull Lane
Button Alley
Butts Lane
Cannon Street
& Needles Alley

「二宮他……」月瞳搖頭：「不會的，他不是一直也幫助我們？不只是過去，早前在他的專訪中，不是提醒我們『危險』嗎？」

「我相信二宮在十多年後，也跟我一樣，對自己代表『傲慢』(Pride)原罪的想法改變了，才會選擇提醒我們，同時，也因為這樣……」阿威低下了頭：「他才會被殺。」

從2001年1月1日，阿威首次接觸二宮開始，已經是梅林菲的計劃。如果需要當年阿威組系的人依照著他的計劃走，必須放一個人在他們的身邊，這才是最安全的方法，而這個人就是二宮。

「給我們四個地址，香港、日本東京、英國倫敦，還有津巴布韋的人，就是二宮，當然，香港這個地址只是引導我們繼續調查下去，而其他三個地方，才是張索爾收藏『編碼器』所在。」阿威說。

「為什麼二宮會是他的人？我一點也不覺得他傲慢！」媛語問。

「日本人是全世界最懂得禮儀的地方，我們當年所接觸的二宮，也許只是他另一種對待外人的性格，而且，他是梅林菲派來的人，必定要把傲慢的性格收藏起來。」阿威解釋：「二宮已經不在，我不想這樣說，不過，他能夠在十多年時間晉升到現在的職位，他絕對不會是善男信女，尤其是在日本的職場。」

大家也沉默了。

直至上一秒，他們認識的二宮也是一個正直的人，現在卻成為了曾經把他們置身險境的幫兇。

「我想說，雖然他是梅林菲派來我們身邊的第一位『使徒』，不過，他的確是一直幫助我們，甚至在十多年後提醒我們，只是在我們見面之前，他已經被殺了。我希望大家明白，怎說也好，二宮也是因為幫助我們而死。」阿威說。

「他是被那個小野俊太所殺，不是自殺，對？」月瞳問。

「對，就如北野和真調查的一樣，殺死二宮的人，就是小野俊太。」阿威說：「不過，更正確的說，是小野俊太身體內的另一個靈魂把二宮殺死。」

「什麼？『靈魂鑑定計劃』還有繼續下去？」阿坤驚訝地說。

阿威點頭：「不過，也只有梅林菲與『使徒』可以使用靈魂分享的能力，因為他不想再跟不信任的人分享『靈魂鑑定計劃』的成果，這更加明白梅林菲為什麼要挑選『使徒』。」

「即是梅林菲就是殺死二宮的真正兇手？」子明問。

阿威搖頭：「不是他，是另一個在他組系的人，而這個人已經是梅林菲的正式『使徒』。」

「是誰？我們認識的？」媛語問。

「我們不認識，不過曾經在其他組系的相片中見過他的樣子。當我找回第十二本日記時，有想過一個問題，就是這十多年來，所有『靈魂鑑定計劃』其他組系的人也沒有再出現，是什麼原因？直至，媛語再次遇上鄭加麗，我就明白了。」阿威看著她說：「梅林菲在『靈魂鑑定計劃』組系之中，找尋『合適』的使徒，而不合適者，在當年互相廝殺中死去，又或是被催眠修改記憶後，繼續生活下去，就如你們與鄭加麗。」

「你意思是『靈魂鑑定計劃』三個組系中，生存下來的測驗實驗者，也有人被梅林菲挑選成為『使徒』？」展雄問。

「就是這意思了。」阿威簡單回答。

「你還未說那個真正殺死二宮的人是誰？」子明問：「別要賣關子！」

「我們幾個不太認識他，不過，你可能知道他最多。」阿威看著子明說。

「我？為什麼是我？」子明指著自己。

「他就是代表暴食(Gluttony)的『使徒』，曾經是『靈魂鑑定計劃』組系三其中一員，他把比特幣(Bitcoin)買給黑道的人……」

子明瞪大了雙眼：「是鄺比特！」

《就算能夠改過自身，不能改變曾經身分。》

第二十章

使徒02 APOSTLE

「沒錯，就是第三組系的鄺比特。」阿威說。

「怎會是他？」子明在懷疑：「他在我們IT創科界中已經成為了神話，真人很久沒出現了，他會選擇成為梅林菲的手下？」

「當人去到對金錢、權力等無欲無求時，就會追求一些我們正常人不明白的目標，所以他會跟隨梅林菲不是沒有可能的。」阿威說：「梅林菲親口跟我說的，不會有錯，兇手就是鄺比特。」

「我不明白，那個小野俊太跟鄺比特分享靈魂？然後小野俊太在獄中自殺？」展雄問。

「我來解釋一下他們整個計劃，打開這個謎團。」阿威在白板寫著：「二宮，是被小野俊太所殺，他不是自殺……」

阿威開始解釋「二宮之死」整件事件的過程。

首先，鄺比特與小野俊太是「靈魂鑑定計劃」同一組系的人。

在香港承認殺死二宮的小野俊太，不是小野俊太的靈魂，而是鄺比特。鄺比特是組系的領袖，他可以選擇不讓小野俊太回到自己的身體，鄺比特要小野俊太承認殺死二宮。

當小野俊太被引渡回日本，鄺比特的靈魂離開了小野俊太的身體，也讓小野俊太回到自己的身體，但鄺比特卻沒想到，他以為忠心的小野俊太，竟然為了擺脫罪名，因而說出二宮是自殺，而不是他所殺。

鄺比特當然不讓他這樣做，所以他決定殺死這個本來願意認罪卻「反口」的小野俊太。

「他用什麼方法可以讓小野俊太在一個空無一物的囚室死去？」阿威問。

「殺死另一個同組系的人！」月瞳已經想到。

「答對了。」阿威說。

鄺比特組系當然不只是他們兩個人，他利用了……「另一個人」。

回到日本後，小野俊太不再讓鄺比特進入自己的身體，但他卻讓組系內其他人的靈魂進入，鄺比特殺的人不是小野俊太，而是「間接」把他殺死。

「等等，鄺比特明明是領袖，為什麼沒法再進入小野俊太身體？」阿坤提問。

「忘了嗎？領袖當然可以不讓其他人走出、進入，甚至封鎖進出，不過，如果隊員選擇靈魂封鎖，不打開自己的『大門』，領袖也沒法進入。」阿威解釋。

然後，另一個同組系的人，稱為「C」，鄺比特知道了小野俊太跟C分享了靈魂，所以他用領袖的身分，鎖住了他們的靈魂在兩個人的身體之內，然後，鄺比特在C的住所把C吊死，這樣就可以同樣把小野俊太同時殺死。

「就如當年所說的窒息一樣，只要一方沒有更長的閉氣能力，會因為閉氣太久而死去！」展雄說。

「沒錯，所以上次我叫北野和真調查在日本同一時間死亡的人，那個人就是C，他是被吊死，而他跟小野俊太頸部被勒的位置與痕跡是完全一致，這樣，就可以在一個空無一物的空間把小野俊太殺死！」阿威說：「當然，如果不知道『靈魂鑑定計劃』的人，根本不會找出真相。」

大家也靜了下來，沒想到會是這樣周詳的一個計劃。

「殺人是鄺比特，但計劃是梅林菲？」子明問。

「對，我相信是他的安排。」阿威說。

「回到原點，為什麼二宮明明是梅林菲的人，梅林菲卻要殺死他？」展雄問。

「這方面，梅林菲沒有跟我多提，因為我當時是在假裝被他利誘與馴服，成為他的『使徒』，我也沒法追問太多。」阿威說。

「二宮、黃彥健、鄺比特，還有你，被梅林菲選為『使徒』，還有其他人嗎？」阿坤問。

「對，在『靈魂鑑定計劃』組系三中，還有……一個。」阿威把手機放在桌上。

畫面是靈魂鑑定計劃組系三的六個人名字。

一、鄭于暮　園藝工人　男性

二、寇連日　目無表情　男性

三、杜俊光　高級督察　男性

四、柯蓉賀　孖生姊妹　女性

五、柯蓉荷　孖生姊妹　女性

六、鄺比特　富豪宅男　男性

《我們給現實蠶食得很深，才會變得不像一個人。》

第二十章 使徒 APOSTLE 03

2019年8月12日。

香港國際機場的一號與二號客運大樓、離境大堂與接機大堂，聚集了數萬的香港市民，他們舉行「黑警還眼　百萬人塞爆機場」集會。

事源於昨天8月11日，一名少女在尖沙咀警署對出，被布袋彈近距離射爆眼球，大批市民因此事，走出來為少女討回公道。

阿威、阿坤，還有子明來到機場支持市民，同時，他要向另一個「使徒」發出「挑戰書」。

一個由高級督察變成總警司的男人。

他就是靈魂鑑定計劃組系三的……杜俊光。

他們在機場的角落坐了下，在後面的牆上，掛著一個黑底白字的橫額，橫額上寫著……

「人的價值從來也不對等　總有些人願意出賣靈魂」

他們所指的，是為了利益而出賣香港的人，同時，他們想要讓那位「使徒」看到。要讓杜俊光看到。

「我們現在是在……宣戰嗎？」子明問。

「我們不去找他，他也會來找我們。」阿威說：「不過，老實說，你們兩個不用跟我來，我覺得他們要對付的人，就只有我。」

阿威想起了二宮的死，背叛梅林菲的人沒有好下場。

「媽的，別說這些吧！」阿坤拍拍他的肩膀：「我們都是自己人！」

「沒錯，如果我們有事，你也會站在我們的一方，不是嗎？」子明說。

阿威沒有回答，只是對著他們微笑。

梅林菲的第五個「使徒」，就是當年第三組系的杜俊光，他代表了七原罪的……憤怒（Wrath）。

「其實我有點不明白，如果他們可以利用六個半靈魂潛入我們，他們就可以隨時隨地控制我們吧。」子明問。

「不，要潛入我們還需要一個簡單而特定的條件，就是跟我們的距離。」阿威說：「我想距離就像黃彥健在小巴上坐在月瞳身邊，雖然不需要任何身體接觸，但他還是要直接跟我們撞上，才可以控制。」

「現在我們六人中，就只有月瞳被潛入過，在九個月內不會被潛入。」展雄說：「我們其他五人卻有機會被潛入。」

「幹！那我們不是很危險？」阿坤說。

「我這樣想，梅林菲的性格還是沒有改變，他是在……『玩遊戲』。」阿威細心分析：「如果他要對付我們，一早已經出手，他是要跟我們來一場遊戲，所以，我覺得他暫時不會傷害我們。」

「所以你就這樣明目張膽來跟他們宣戰？」子明問。

「沒錯，因為……」阿威認真地看著他們：「第一層、第二層記憶原來不是我全部的真正記憶，我只是一直被人利用，這次我也想贏出這場遊戲！」

除了梅林菲以外，好勝的人不只他一個。

「現在已知道了五個『使徒』，還有兩個呢？」阿坤問。

「我只從梅林菲口中得知六個『使徒』，最後一個我還沒有頭緒。」阿威說：「而我已經約好第六個『使徒』見面。」阿威說。

「是你認識的人？」子明問。

「對，是這事件開始時，才認識的人。」阿威看著機場上的天花板：「我一直也蒙在鼓裡，被她欺騙了！」

《其實簡單幾句說話，就知道你在對方心中重不重要。》

第二十章 使徒04 APOSTLE

2019年8月18日。

民陣第七次發起反對修訂《逃犯條例》遊行，因為人數太多，大會進行了「流水式」集會。這天，下著大雨，遊行人士也全身濕透，依然堅持走下去。

晚上時間，阿威遊行完後，來到了中環一間樓上咖啡店，他全身也濕透，同樣，依然堅持來見這個人。

第六個「使徒」。

因為遊行的原因，樓上咖啡店沒有客人，只有她在喝著咖啡。

「這裡我經常來，有衫可以換，要換一件？」她問。

阿威坐在她的對面，拍拍風褸上的雨水：「不用了，謝謝。」

「我的外甥女很喜歡你的小說，我帶來了書，幫她簽名可以嗎？」她將桌上的小說推向阿威：「嘻，她以為我們是好朋友。」

「我們不是好朋友？」阿威反問。

「嘻，我的外甥女知道你把我寫入了小說，她聽到後羨慕死了。」她高興地說：「而且你還把我寫得很漂亮呢。」

「可惜，我沒把妳寫得比較聰明，聰明到連我也被蒙騙了。」阿威說。

梅林菲的第六個「使徒」，代表了嫉妒(Envy)的使徒。

她是古哲明的助手，黃凱玲。

「那天播放影片，我已經被妳騙過一次，原來妳是古哲明的助手。」阿威苦笑：「現在才知道，你還是梅林菲的『使徒』。」

「每個人都有很多身分呢？」黃凱玲愉快地微笑。

「古哲明知道你是梅林菲的人？」阿威問。

「他不知道，如果知道的話，他就不會讓我當他的助手了。」黃凱玲說：「對！你別要跟他說啊！我很喜歡跟哲明一起工作！」

一直以來，古哲明都在幫助阿威，其實大部分都是由黃凱玲有意無意之間提醒古哲明，然後把重要的訊息告訴阿威。

在十多年前，需要二宮去引導阿威他們進行計劃，在十多年後的今天，也需要一個人去引導阿威他們走進另一個計劃。

「我可以問你一個問題嗎？」黃凱玲說。

「妳想知道什麼？」

「為什麼不加入『使徒』的行列？」她問。

「嘿。」阿威聽到了暗笑了一下：「的確，我有想過成為他的『使徒』，不過，這不是我想要的人生，我還是比較喜歡自己選擇的人生，就算窮，也是我自己選擇的生活。」

黃凱玲眼定定地看著阿威。

「到我問妳了，為什麼要成為他的『使徒』？」阿威反問她。

「成為『使徒』有什麼不好？梅林菲當年幫助我對付學校欺凌我的人！那些女人總是嫉妒我比她們漂亮，我當然是比她們漂亮吧，嘻嘻！」黃凱玲奸笑：「最後，她們的臉上多幾道疤痕，甚至毀容了，我當時開心到睡不著！」

說別人嫉妒自己的人，其實，內心的嫉妒心更重，現在黃凱玲給人的感覺完全改變了，散發著一份令人心寒的邪惡。

「你約我出來不會是想拉攏我轉過來幫助你吧？」黃凱玲好像已經知道阿威的想法。

「本來是，但看來已經沒有用了。」阿威無奈的苦笑。

「那你快點幫我簽好書，我要回去公司了。」黃凱玲說。

阿威打開了《別相信記憶》第三部小說，在最後一頁簽上自己的名字。

很諷刺，一個對自己作品自信滿滿的作家，卻寫了一個自己被玩弄的故事，那種感覺

就像把自己感到最羞恥的恥辱，通通公告天下。

簽好書後，黃凱玲給阿威一個鞠躬，然後轉身離開。

阿威很憤怒？

不，他看著黃凱玲的背影……笑了。

《真心說話，深愛一個人總會付出某些代價。》

第三十章 使徒05 APOSTLE

2019年8月6日，回到月瞳被黃彥健捉走的兩小時前。

一所山頂別墅內，梅林菲與阿威正在聊天，經歷過數天的相處，阿威已經得到了他的信任。

「我這個身體，即將退役，然後我會換一個更年輕的。」梅林菲喝下了紅酒：「放心吧，當你老了後，你也可以得到一個年輕的身體，繼續生活下去，而且依然是擁有很多很多的錢！哈！」

「太好了。」阿威奸笑：「主教，其實你未來有什麼目的？為什麼需要我們幾個『使徒』？」阿威問。

梅林菲用一個懷疑的眼神看著他。

「我只是多口一問，我相信你絕對有你的原因。」阿威扮作鎮定。

「你還記得歷史學家麻生一郎所寫那篇大學論文『耶穌死後復活』嗎？」他問。

梅林菲沒說下去，阿威已經知道他的真正目的。

「沒錯，耶穌死後復活只曾在《聖經》中出現，而我卻可以在現實中實踐。」梅林菲看著玻璃窗外的風景：「在未來的日子，我想上演一場死後復活的表演，就是換一個更年輕的身體，我要直播讓全世界的人看到！而你們『使徒』，就像跟耶穌的門徒一樣，可以幫助我把事蹟傳頌下去！」

阿威吞下了口水，收起了驚慌的表情：「你的目的就是成為活著而存在的神。」

「對！嘰嘰，張索爾的想法太簡單了，把『靈魂鑑定計劃』用在軍事上，又或是買給有錢富豪，跟我的計劃相比，也只是一些微不足道的事。」梅林菲的表情充滿了自信：「那不如讓我……**得到整個世界**？」

一直以來，阿威以為梅林菲只想將「靈魂鑑定計劃」私有化，成為獨一無二的人類，才會跟張索爾進行遊戲，沒想到，梅林菲真正的目的更大。

更大更大更大的野心！

「你會幫助我下去，對？」他問阿威。

「當然，最重要是有錢！」阿威高興地說：「你成為神以後，一定會有很多人進貢，到時我就發達了！」

「哈哈！你果然是一個貪心的人！你看現在你的樣子，像一隻在流口水的狗一樣，等待開飯似的，哈哈哈哈！」

他們兩個在瘋狂大笑。

此時，梅林菲的手機響起，是黃彥健的來電，他們一直在聊天，阿威扮作在看電視沒聽到。

「我把潛入六個半靈魂的能力給你，你要好好利用。」梅林菲在電話中說：「記得，你殺了最深愛的人就是代表了你對我的效忠，同時，也是你對她的愛，對日月瞳的愛，你們總有一天會在天上再次相遇相愛。」

阿威聽到月瞳的名字後，臉色一沉。

梅林菲留意到阿威的表情：「你怎樣了？不捨得？」

「哈哈！怎會！當有錢的時候，有什麼女人沒法得到？」阿威大笑。

「沒錯！」

阿威奸笑，不過在他心中卻不是這樣想，剛剛相反。

阿威要從梅林菲身上了解的事也大約清楚，阿威知道自己已經是時候……

不再需要演下去！

「月瞳，別要有事！」他心中想。

《未必是愛，但感覺，永遠留最久。》

第二十章 使徒06 APOSTLE

2019年8月25日，荃葵青大遊行。

遊行路線由葵涌運動場到荃灣公園，正好經過孤泣工作室，他們六人，還有工作室的同事與貓，一起看著落地玻璃外的人流。

Time: 3 Hours
Total Marks: 100
N.B.: (1) All Question are Compulsory.
(3) Answer To The Same Question Must Be Written Together.
(5) Draw Neat Labeled Diagrams Wherever Necessary.
Q.1 Attempt Any Two Of The Following
(A) What are the differences
(B) Explain Variable Sized Array
(C) Write a short notes on
(D) Is multiple Main() allowed
Q.2 Attempt Any Three Of The Following
(C) What is Web Service? Explain the basic steps to create a Web Service using ASP.NET with C#. (5)
(D) What is the importance of JQuery in the Development of web Applications? (5)
(E) List the five Applications where AJAX is incorporated (5)
(F) What are the Selectors present in JQuery? (5)

「討論完後，我們也一起出去。」阿威說。

「當然！他媽的政府，愈來愈過份！」阿坤說。

「好了，已經寫好了！」媛語把白板拉了出來。

上面寫上了「使徒」的名字。

七原罪「使徒」：

色慾(Lust)使徒　黃彥健

貪婪(Greed)使徒　梁家威

傲慢(Pride)使徒　二宮京太郎

嫉妒(Envy)使徒　黃凱玲

暴食(Gluttony)使徒　鄺比特

憤怒(Wrath)使徒　杜俊光

怠惰(Sloth)使徒　???

阿威走到白板前。

「代表色慾的黃彥健已經被捕還柙，代表傲慢的二宮也死去，而我也背叛了梅林菲，現在餘下的就只有代表嫉妒的黃凱玲、暴食的鄺比特、憤怒的杜俊光，還有一個未知的怠惰使徒。」阿威指著白板說：「即是我們現在要對付的人，餘下了黃凱玲、鄺比特與杜俊光，當然，還有大BOSS梅林菲。」

他們聽著阿威解說。

「黃凱玲我跟她接觸過，我已經有對策，由我來應付她，而鄺比特，子明你比較熟悉，你跟媛語一組去對付他，最後是杜俊光，展雄、阿坤，這個男人由你們來處理。」阿威在白板中寫上各人的名字。

「我有問題！」媛語舉起手問：「你說對付他們，其實是指什麼？」

「一、破壞梅林菲的計劃。」阿威坐在椅上，身體傾前說：「二、為二宮報仇。」

「老實說，我們已經調查清楚記憶錯誤的事，而且梅林菲也沒有在這段時間來攻擊我們，其實我們有需要繼續下去嗎？」展雄說出了自己的想法：「當然，我也很想為二宮報仇，不過，跟他們周旋下去，我怕這不是最好的選擇。」

「展雄說得很好，我約大家來，就是來討論這個問題。」阿威說：「大家還有什麼意見。」

「其實展雄也有他的道理。」子明托著腮說：「而且，我們不像十多年前那樣可以分享靈魂，如果要對付他們不會是一件容易的事。」

「而且大家可能還會有危險。」月瞳說。

「我明白大家的想法，不過，就算現在他們沒出手，我們暫時是安全，不代表未來的日子，我們的人生也是安全的。」阿威說：「因為我太清楚梅林菲這個人，他的計劃、他的遊戲，不會這樣就完結，他會一直繼續下去，直至勝出。他會對付我，同時，也會向你們出手。」

大家想起了月瞳在早前差點被黃彥健所殺。

「本來我不想連累你們，不過我回心一想，梅林菲的目標不只是我，而是知道他『靈魂鑑定計劃』的我們。當他成為『神』後，知情者，要不就是成為他的『使徒』，要不就是……」

「把我們全部殺死。」阿坤說。

阿威不想這樣說，他只有點頭。

「就算我們選擇跟他對抗，我們根本沒有任何優勢，要怎樣勝出他的遊戲？」展雄還是有點擔心。

此時，阿威微笑了。

「我不會打沒把握的仗。」他說：「當然，除了愛情，哈哈！」

全場人也靜了下來，不明白阿威所說的「優勢」是什麼。

「放心吧，我會想出一個比梅林菲更精彩的計劃！」阿威再次站了起來：「我把這次行動，命名為……

反擊戰！」

《遊戲的定義，就是必有一方會落敗。》

第二十一章

反擊

HITTING BACK

第二十一章 反擊01 HITTING BACK

2019年8月26日晚上，山頂別墅。

梅林菲跟其他三名七原罪「使徒」在討論著，他們分別是黃凱玲、鄺比特與杜俊光。

「我在機場看到他們在宣戰。」一個年約五十依然魁梧的男人說，他是杜俊光。

「他也有找過我，我看不出他有任何的畏懼。」黃凱玲雙手交疊在胸前：「而且他的語氣更像在挑戰一樣。」

「在今天早上，我有十八個隱藏的網上私人帳號被駭入，看來他們已經開始行動。」一個至少有二百磅的肥男人說，他是鄺比特。

「哈，我的瑪門(Mammon)真知我心。」梅林菲所說的瑪門就是阿威：「他知道我最喜歡就是『玩遊戲』，他背叛了我真的很可惜呢。」

「下星期的行動，如期進行？」杜俊光問。

「當然，已經準備好了！」黃凱玲代梅林菲回答：「現在香港的時勢，就是最好的時機！」

「光復香港，時代革命？」鄺比特奸笑：「我們就為香港人舉行一場革命吧！」

「完事後，我們就救出彥健，再找尋新的貪婪與傲慢使徒。」黃凱玲說：「我相信世界上貪婪與傲慢的人多的是。」

「沒這麼容易找到，你們幾位『使徒』都是我精挑細選的，萬中無一。」梅林菲說：「沒想到已經有兩個人『背叛』了我，不過，遊戲總是出人意表才更好玩，嘰嘰。」

「我再確定一下日子，是2019年8月31日，地點是……」杜俊光看著他們：「太子港鐵站。」

「到時就麻煩你安排『人手』。」梅林菲說。

「放心，現在執勤的警員已經瘋了，很容易就可以引起混亂。」杜俊光充滿自信地說。

「我已經駭入了港鐵的列車系統，當日會有一場精彩的列車事故！」鄺比特大口吃著薯片：「砰！到時不知道會死多少人，想起也興奮！」

「最後，就是我安排的『煙火盛會』了！」黃凱玲笑得囂張。

「很好，這就是我的『就職』儀式，很快全世界也會向我……俯首稱臣！」梅林菲說。

他們三人單膝蹲在地上，向梅林菲表示敬意。

然後，他們三人……消失了。

他們只是用「真實殘像」出現於梅林菲的面前，他們已經成為了梅林菲的新組系。

早前鄺比特曾有一個獨立的組系，不過隨著小野俊太等日本人一個一個死去，只餘下鄺比特，這個組系已經結束了。當然，死去的人，都是被鄺比特所殺。

現在梅林菲、黃凱玲、鄺比特、杜俊光成為了一個新的組系。本來，還有兩個名額，梅林菲是想給黃彥健與梁家威，可惜，一個已經沒有利用價值，而另一個背叛了他。

梅林菲倒出一支由羅曼尼康帝酒莊出品的紅酒，他一個人在細味品嚐著。

他回憶著自己峰迴路轉的人生，他回憶著曾經的老朋友。

「我的老朋友二宮，為什麼你要選擇背叛我？為什麼試圖阻止我？」梅林菲對著空氣說話：「你……還有什麼方法可以破壞我的計劃嗎？嘰。」

可惜，二宮已經死去，再沒法回答了。

《當沒有利用價值，死去也不覺可惜。》

反擊02 HITTING BACK

第二十二章

2019年8月29日。

離梅林菲的計劃，還有兩天。

梅林菲的劇本即將要上演，他的計劃，就是由杜俊光安排人手混入黑衣示威者當中，假扮成搗亂分子，然後，他們會挑釁前線警員。杜俊光知道，警員已經來到了臨界點，將會使用暴力對付市民，這是他們的「第一個安排」。

正當各大傳媒直播著警民衝突之際，鄺比特會控制港鐵的訊號，讓兩輛列車以高速於太子站相撞，做成嚴重的傷亡。

這樣就完結？不，還有「第三個安排」。

黃凱玲還有她邀請的恐怖分子，在太子站安裝了強力的炸彈，他們要把整個太子站炸毀！

最後，就是梅林菲的出場。

他要像那些恐怖分子的首領一樣，走出來承認責任？

不，他才不會成為人類的「魔鬼」，他要成為被受敬重的「神」。

梅林菲已經安排好，要對付引起無數死傷的恐怖分子，他當然會成功，因為那些恐怖分子根本就是由他安排。然後，他會從「救世主」這個切入點，讓自己死後靈魂侵入另一個男人的身體，做成像耶穌一樣死後復活的奇蹟。

他就是世界上首個可以跟別人分享靈魂的人類，他會像論文中的耶穌一樣，上演一場死而復生的表演，同時，換取一個更年輕的身體。

梅林菲很快會得到整個世界，他的信眾，將會超越……

任何一個宗教！

……

…

.

凌晨時份，太子站已經關閉，正進行維護工程。

在漆黑一片的路軌之上，一盞燈正射向前方，有一個人拿著強力的手電筒走入路軌，

她不是什麼港鐵工作人員，而是……黃凱玲。

「已經安裝了七個炸彈。」她說。

在她的身邊，是梅林菲的「真實殘像」。

「很好。」他問：「炸毀的範圍？」

「是整個太子站，到時整個車站也會完全摧毀。」她說：「主教，我們要不要防範一下阿威他們？又或是……殺了他們的人？」

「我們怎可以這樣對待我們的代罪羔羊？」梅林菲奸笑。

「難道……」

「沒錯，這次事件總要有領導者，阿威他是……最適合的人選。」

「代罪的不是恐怖分子嗎？為什麼會變成了他？」

「妳真的以為我只想他成為我的『使徒』？其實，我只是想他替我頂罪，雖然，現在他不願意成為『使徒』，我還有千萬個理由把他塑造成為策動這次恐怖襲擊的領袖。」梅林菲說。

「所以你才選上他？」

「如果他沒有出版過《別相信記憶》這本小說，我也沒想過可以這樣利用他。」他說。

梅林菲跟黃凱玲的靈魂回到山頂別墅，在桌上正好放著三部《別相信記憶》。

「他就像寫《聖經》的馬可、馬太、路加、約翰四大福音作者一樣，記錄著我的故事。」梅林菲大口喝下了紅酒：「到我得到了整個世界後，我要說他是為了報仇而作出破壞，我怎說也可以，而他的小說就是……

『最真實的證據』。」

《最周詳的計劃，就是把對手也放入計劃之中。》

第二十二章 反擊03 HITTING BACK

2019年8月31日。

早上，太子站。

港鐵乘客如常上班、上學，他們不會知道，晚上將會出現一場可怕的恐怖襲擊。

站內的長椅上，一個休班總警司正在等候列車，他是杜俊光。

在他身邊還有黃凱玲與鄺比特。

「一切已經準備好。」杜俊光拿著手機扮作對話：「假扮的示威者會在晚上10時25分出現，10時45分我會扮成港鐵職員報警，然後於51至53分左右，防暴警察將會於C2出口進入太子站。」

「所有站內的攝影機也正常運作。」鄺比特看著天花：「全部都會清楚地把現場發生的事錄起來，另外，騷亂開始後的二十分鐘，兩架列車將會相撞！」

「而在列車相撞後的十五分鐘內，站內的七個炸彈將會相繼爆炸，整個太子站將被夷為平地。」黃凱玲說。

「夷為平地不太正確，因為太子站已經在地底。」鄺比特看著車站內人來人往：「應該說是長埋地下，哈哈！」

三層的地底車站，連同數以千計的生命，將會永遠埋葬在地底之中。

他們說完話後，全部消失，只餘下杜俊光一個人坐在長椅上。

由6月9日開始，杜俊光一直也在扮演從中搗亂的中間人，他在警隊工作超過二十年，他非常明白警隊內的「黑與白」。

為了「正義」才會當上警察？別說笑了，有九成的警察都是因為工資與待遇不錯，而且可以拿著武器為所欲為才會當警察。當一個人擁有比普通人更大的權力時，就會開始變質，尤其是所謂的「紀律部隊」，表面充滿了紀律，但內裡都是混亂而失控的。

因為擁有權力與武力，而變成了可怕的「壞人」。

做壞事最好的方法，就是扮成好人去做盡喪盡天良的事。

杜俊光笑了，十多年前那個怕事的自己已經完全改變，他要成為神的「使徒」，一個總警司的職位根本不能滿足他，他要成為世界上最有權力的……「神的使者」！

……

‥

·

晚上10時45分。

太子站內，示威者與中年男人在月台和車廂上發生爭執打鬥。

梅林菲一個人留在山頂別墅之內，他不讓其他人潛入自己的身體。

他要享受這唯我獨尊的感覺。

梅林菲看著網上的直播，同時，他在準備晚上發表會的服裝。他走到鏡前，看著這個已經用了十多年的「外殼」。

「已經是時候了，來換一個新的。」他用手摸著自己的臉龐。

那個原本擁有這臉龐的人，當然已經死去，就如當初張索爾奪取他的身體一樣，只不過，他沒有死去，他活下來，比擁有自己身體的張索爾更長命。

他在自我陶醉著，喝著紅酒、看著電腦的直播畫面，太子站已經一片混亂，時間，正好是十一時。

近百名特別戰術小隊和防暴警察衝入往中環方向的四號月台和車廂，他們用警棍毆打示威者及其他乘客，還用上胡椒噴霧，多名示威者被打到頭破血流，制服於地上。

梅林菲笑了，杜俊光說得對，警察在這接近三個月的時間中，已經瘋了。

完全瘋了！

「再見了，在市民身上發洩的英勇警察。」梅林菲向著電腦說。

他的電話響起，但梅林菲沒時間接聽，因為他正看著電腦畫面中傳來一下巨響，

然後……

直播中斷。

《我們怎會安心？有太多死得不明不白的人。》

電話是黃凱玲打給他，梅林菲打回去卻打不通，他知道，他的「使徒」正忙著她的工作。

梅林菲沒有用靈魂潛入他的「使徒」身體，他只是在家中好好欣賞著他精密的安排與設計。

他把杯中的紅酒喝光，沒有再加添新的，因為梅林菲知道，現在的狀態是最好的，他不能喝得太醉。

「我是梅林菲醫生，對這次事件，我感覺到惋惜與不幸……」

他開始背誦自己準備好的台詞，用最誠懇的語氣朗讀出來。

此時，電腦的畫面再次回復，畫面中烽煙四起，市民慌忙走避！

「轟！！！」

遠處傳來了一下爆炸巨響！

列車互相碰撞後，就是下一場精彩的爆炸，黃凱玲已經開始動手！

「轟！轟！轟！轟！轟」

連環的爆炸後，畫面再次中斷，山頂別墅內再次回復了寧靜，寧靜得讓人發出耳鳴。

梅林菲的手機收到訊息。

「引爆已經成功，三十分鐘後可以進行演說直播。」

最原始的方法。

明明他們可以打電話，不，他們更可以直接來到對方所在傾談，黃凱玲卻選擇了用訊息來通知。

「嘿，我喜歡妳的安排。」梅林菲看著手機說。

梅林菲在唱機上放下了一張黑膠唱片，播放著The Flying Pickets一首舊歌《Only You》。

「Ba da da da~ Ba da da da~ Ba da da da~ Ba da da da~」

然後，他從客廳走進一間上鎖的房間，他打開了大門，房間內有一個正在昏迷的年輕男人。

他是梅林菲將會替換的身體，一個看來比他現在的身體更年輕的身體。

這個男人的外表很像梅林菲。

為什會很像？

沒錯，他就是……梅林菲的兒子，梅業基。

梅業基的出生，已經注定成為梅林菲計劃的一部分。

「靈魂鑑定計劃」經過了多年的研究，除了「同一個身體不能容納七個人」這個設定外，梅林菲已經完全掌控靈魂分享的所有資料。

他的「權限」，已經可以隨時潛入另一個人的身體，同時沒有任何人可以對抗他的潛入。

當然，他可以像耶穌一樣，進入另一個人身體生存下去，不會立即得到回響，所以，當他潛入梅業基的身體以後，他的下一步，就是……

潛入世界各地的最高元首。

試想想，如果美國現任總統特朗普(Donald Trump)突然以一口流利的廣東話發表講話，還有誰不相信梅林菲的能力？

梅林菲正想走近那個年輕男人時，突然門鈴響起。

「這時候是誰來？」

他走回去大廳，往大門上的防盜眼看去。

沒有人。

梅林菲皺起眉頭，心想在這時候，是誰在玩？

「叮～」

門鈴再次響起，梅林菲快速看著防盜眼，一個男人站在門前！

「為什麼……會是你？」梅林菲驚訝。

「開門呀！」男人大叫：「讓我跟你一起欣賞你的精彩計劃，嘿！」

他是背叛了梅林菲的人，代表貪婪的……

梁、家、威！

《要別相信你，首先要做一些不能相信的事。》

第二十一章 反擊 HITTING BACK 05

梅林菲打開了大門。

「不歡迎我嗎？」阿威看著他微笑。

「你已經不是我的『使徒』，你來幹麼？」梅林菲煞有介事。

「當然是來慶祝你成為……『神』。」阿威擅自走入別墅之內：「The Flying Pickets的《Only You》？很懷舊啊。」

梅林菲一點都不怕他，因為他可以隨時潛入阿威的身體，他只是覺得奇怪，在他的計劃之中，沒有這一幕場景。

梅林菲關上大門，然後跟他走回大廳。

「我怎麼說也成為了你的『使徒』一星期，我也很了解你。」阿威坐到沙發上。

梅林菲坐到他的前面，他們兩人就像電影海報一樣，互相對望著。

「可惜你背叛了我。」梅林菲的眼神凌厲。

「在你的角度是我背叛了你，而在我的角度不是背叛……」阿威眼神也很凌厲：「而是選擇離開。」

「貪婪的人放棄了金錢，你已經不配成為我的『使徒』了。」他說。

「我應該跟你說『老闆是我的錯，對不起』嗎？」他問。

他們都在互相盤算著。

阿威看著電腦上沒有畫面的螢光幕。

「這是你安排的精彩計劃？」阿威問。

「我沒跟你說過是在今天，為什麼你會知道？」

梅林菲從來沒對阿威說過今天將會是他的「登基」之日，當中必定有什麼原因，他很想弄清楚。

「就算你可以潛入我的腦袋，也不會知道我的『想法』，哈。」阿威說。

除了梅林菲以外，也許世界上最清楚「靈魂鑑定計劃」的人，就是梁家威！

「嘰嘰，你以為我沒方法知道？」梅林菲奸笑：「你應該多謝我，把你的第三層記憶打開，讓你的小說故事變得更精彩。」

「你也應該多謝我，我不寫首三部小說，就沒有人把你的故事記錄下來了。」阿威笑得比他更狡猾。

「哈哈，你也知道得相當多！相當多！」

就在此時，梅林菲的眼睛瞪大，他要潛入阿威的大腦，他的靈魂就像從自己的身體，快速在半空中飄向阿威！

畫面來到了一個全白的無限空間，這裡就是靈魂鑑定系統的「大廳」。在空間內，就只有一道門，梅林菲準備打開阿威大腦內的這一道門，潛入他的身體。

當然，梅林菲才不想這個背叛者成為他組系的人，他只需要「潛入」。

梅林菲可以利用靈魂潛入他的身體三十分鐘，這三十分鐘已經可以做很多很多事情，比如讓阿威把自己吊起、比如要他吃下毒藥，然後，強迫他說出所有知道的事情。他沒法讀取阿威的思想，卻可以用他的身體去威脅他！

梅林菲打開了純白色的大門。

他……呆了一樣看著前方。

在他前方再次出現相同的大門！

他再次打開，第三道一模一樣的大門出現！

他……沒法走入阿威的「房間」！

「哈！有趣嗎？你沒法走入我的大腦！」

梅林菲轉身看著背後的聲音。

阿威站在他的後方，他指著梅林菲說。

「對不起，這次遊戲……**你輸了**。」

《寫入歷史的，都是最後勝出的人，寫入小說亦同。》

ВОЛЫНСКАЯ ГУБЕРНИЯ
52 316
13 57
4 4
23 155
2 9
78 480
68 402
35 204
65 349
4058 23688
122
4170 23688

第二十一章

勝利者

WINNER

第二十一章 勝利者01 WINNER

救出月瞳的第二天，我看著新聞，依然全部都是有關反對修訂《逃犯條例》的新聞報導。

我最怕的情況也許已經發生。

就是我們香港人都……習慣了。

習慣了每星期的混亂、習慣了警察使用過份武力、習慣了所有的新聞報導畫面，然後，我們又如常地繼續生活，去旅行、去聽演唱會，某電視台的台慶如常進行，藝員們熱烈地慶祝，同時，街頭上卻是無數血流披面的市民。

「習慣了」，是最可怕的結果，不過，我們市民正正步向這個結果。

我關上了電視，看著桌上大堆的資料，我想我從來沒一個小說故事會複雜過這個真實的故事。

由我扮成梅林菲的「使徒」之後，所有有關「靈魂鑑定計劃」的謎團，全部都已經解開，唯獨最後一個謎團，沒法在梅林菲身上得到答案。

更正確來說，梅林菲根本不知道答案，而且可以給我答案的人，都已經「死去」。

這個「謎團」，是屬於張索爾。

當年，張索爾的組系中，有東京的校工、那個英俊的刑警、倫敦的金髮女人、健碩的博物館保安員，加上張索爾，是五個人，明明組系是六個人，為什麼只有五個？

當然，也有可能他的組系就只有五個人也說不定，不過，我總是覺得沒這麼簡單，當中，必定有什麼我不知道的「隱情」。

我這個一直以來的疑問，終於在四天後解開。

北野和真從日本來電，我已經把二宮與我們全部的事都告訴了他，他也一直在幫助我們。

「威，我找到了當年東京崎玉縣南浦和中學的那位校工。」他說。

「他還沒有死？」我驚訝。

「剛死去了。」

「怎說？」

校工名叫田中哲明，他因為鼻咽癌即將要離開這個世界，不知道是否跟月瞳情況一樣，死前會出現在生的記憶，他本來被催眠修改的記憶再次出現，同時，他告訴了北野和真。

為什麼會告訴北野和真？

因為連他的家人也不相信他，只有知道「靈魂鑑定計劃」的北野和真相信。

北野和真根據田中哲明給他的資料，找到了其他組系的人下落。

當年張索爾的組系中，那個英俊的日本刑警在張索爾死後，因為一宗交通意外離世，而在倫敦的金髮女人，還有健碩的博物館保安員在也這五年間相繼因病死去。最後，就只有田中哲明生存下來，不過，現在都已經不在人世。

「他死前，有沒有說……」

「有！」北野和真興奮地大聲說：「跟你想法一樣，張索爾的組系中，的確有……**第六個人**！」

我整個人起了雞皮疙瘩，原來我一直以來也沒有估計錯誤！

然後，北野和真說出一個讓我更震撼的消息。

「張索爾，還未死。」

「什麼？！」

「他一直藏在第六個人的身體之內。」

「怎……可能？當年月瞳在他身體上打了一針，當時他的靈魂不能潛入他組系中的其他人，之後梅林菲當場把他殺死了！」

「事情的確是這樣，不過，你想錯了事情的發生次序，張索爾的確沒有死去。」北野和真認真地說。

發生……發生的次序？

發生次序是什麼意思？

我的大腦不斷地轉動。

「等等……」我看著工作室上空，一架飛機飛過：「難道是……」

《你一直已知的真相，其實是錯誤的方向。》

當天晚上，北野和真幫我安排了，用視像跟那個「第六人」對話。

張索爾組系中的第六個人，他叫大野興作，是一個殺人犯，在二十年前被捕，這麼多年來，他一直也在監獄中度過。

不，更正確來說，他本人的靈魂，跟張索爾的靈魂，兩個人，一直也在他的身體中度過獄中的生涯。

張索爾為什麼沒有死？明明他被打了一針，他的靈魂被困在當時梅林菲的身體之中，他又如何走到組系中另一個人的身上？

錯了，我們的思維錯了，「時間」錯誤了。

被打針的張索爾，確確實實不能走到另一個人的大腦之中，不過，如果他的靈魂「**一早已經在第六個人的大腦之內**」呢？

張索爾已經早有準備，自己的靈魂先潛入大野興作的身體，就算他自己的身體死去，又或是出現不能潛入的情況，他的靈魂還可以繼續生存下去！

張索爾沒有死去，他的靈魂只是一直在大野興作的身體之內！

可惜，當年的大野興作已經被捕，張索爾的靈魂只能跟他在獄中度過。

北野和真給我看過大野興作的資料，入獄的最初幾年，他不斷嘗試逃獄，可惜沒有成功，我想，那個想離開的人，就是深深不忿的張索爾靈魂。

後來，大野興作沒有再嘗試逃獄，也許張索爾已經放棄了逃走的想法。現在張索爾還在，即是我們還有對付梅林菲的方法。

不過，有一個致命的問題，我們組系只要過了「靈魂鑑定計劃」的期限，如果沒有再注入靈魂催化酵素(SBCE)，就會變成精神錯亂，那張索爾的靈魂，要怎樣一直在大野興作的腦內？

我看著電腦視像，這個國字臉的男人，他的眼睛混濁，沒有半點人氣。他同樣的看著我。

「終於找到來了嗎？我還以為我一世也不會再遇上『熟人』，嘰嘰，看來你也成熟了不少。」他說。

男人就像一百八十度轉變，他眼神清澈了起來，如沒猜錯，他就是張索爾！

「對不起，我現在才找到你組系的第六個人，才知道你還沒有死去。」我說。

「有多久了？」他問。

「十七年。」

「已經十七年了？哈哈哈哈哈！！！！」大野興作瘋狂大笑：「十七年了！十七年！」

同一時間，他收起了笑容，看著身邊的空間：「幹！別笑得這麼難看好嗎？」

「沒辦法，我太興奮了！」他又再次大笑。

旁人看到都會覺得他是瘋子，只有我跟北野和真知道，他的身體內，有兩個人的靈魂。

「這麼多年後才來找我，有什麼事嗎？」大野興作用一個狡猾的眼神看著我。

「首先，我想知道，你是怎樣存在另一個大腦十多年，也沒有出現精神錯亂的問題？」我想先了解這一點。

「啊？原來你想知道有關『靈魂鑑定計劃』的事嗎？你不去問問梅林菲？」他說。

我搖搖頭說：「不，他現在是我們的……敵人。」

《敵人的敵人，就是朋友；朋友的朋友，就是敵人？》

這次對話很重要。

我要張索爾幫助我們先要讓他相信我，我需要讓他知道真實的情況。

「敵人？」

「對，當年我們也是被他利用，這一年，當我回復了記憶以後，才查出很多有關他的事情。」我直接地說：「我不會再幫助他。」

「就算你現在已經不是他的人，你也是把我弄成現在這樣的幫兇，我為什麼要向你解釋？」大野興作態度囂張。

「你當年只是太……『輕敵』。」最後兩個字，我說得很有力。

他瞪大雙眼看著我。

「你曾多次放過我們組系的人，你有無數次可以殺死我們的機會，但你沒有這樣做，你覺得這樣贏了梅林菲一點都不好玩，所以你多次故意放過勝出的機會。還有，當年在木屋跟我對話時，你根本可以利用第六個半靈魂潛入並控制我，但你沒有，這更加表明了你是……過份輕敵。」我嚴肅地說：「從你想到利用第六人脫身的方法，我就知道你不是一個沒有計劃與後著的人，你只是輕敵，才會輸了一場必勝的遊戲。」

無論是梅林菲還是張索爾，他們不會像我們普通人一樣，他們絕對可以說是「天才」，勝之不武的勝利，不會是天才想要的最後結果。

他沒有說話，我看著站在他身後的北野和真，他指著手錶，做了一個「趕快」的手勢。

我沒有追問他，我要他自己思考，良久，他終於說話。

「你們是實驗品，當然會變成精神錯亂。」他終於向我解釋：「梅林菲偷偷研發阻止『靈魂轉移』的物質，然後注射在我的身上鎖死我的靈魂，難道我就不會研究其他靈魂項目嗎？我比他更早就研發出靈魂可以『永久存在他人大腦』的方法，而不會出現精神錯亂。」

原來，靈魂可以永久留在另一個組系的人大腦之中，這是我首次聽到。

「不過，能夠『永久停留』的對象，有指定的人選。我只能選擇因先天腦部生物因素造成反社會人格(Antisocial personality disorder，簡稱ASPD)障礙的人，而且還要挑選已經殺過人的兇手才可以。」他說：「反社會人格者的大腦，前額葉區塊(Prefrontal cortex)對深層高度的情感毫無反應，只會對最原始的情緒，例如憤怒、高興、自尊受損等等才有反應。這一種人，才可以讓潛入的靈魂永遠停留，直至死去！」

原來……如此。

「所以你只能選擇殺人犯大野興作，作為你的靈魂的容器？」我問。

「你說得沒錯。」他笑說。

「現在我很失禮你嗎？」他說。

「我又沒說失禮！」他說。

他又再次自言自語，大野興作與張索爾在對話。

「你覺得將靈魂存在放這樣的人身上真的沒有問題？」我追問。

「小子，你說什麼『這樣的人』？」他憤怒地說：「我很失禮嗎？」

然後，大野興作做了一個安靜的手勢，是張索爾叫停了他。

「總好過死。」他說：「最初幾年我也有想過逃走，不過，慢慢在獄中生活下來，我覺得蠻不錯的，哈哈！有吃有住的，而且……我並不孤單。」

從「不孤單」這三個字，我感覺到他的快樂。

在外面的世界，除了已經背叛的梅林菲以外，他根本沒有一個真正的朋友，就算是被他控制在自己組系的人，也沒一個是真心的朋友，只有這個患有ASPD的殺人犯，才成為他的朋友。

張索爾找到了真正的「友情」。

「我明白你的感受。」我說：「在外面的世界遇上很多人，不過，要找到真心的知己，絕無僅有。」

「看來你也有同樣感受呢？嘰嘰。」

「好了，下一個問題。」

「看來你也是問題少年！」

我跟北野和真對望點頭，然後北野把一份資料遞給大野興作。

「這是當年你屍體上的血液殘留成份。」我說。

他看著資料非常興奮，就像看到新大陸一樣！

「請問，你可以做出跟梅林菲一樣封鎖靈魂的藥劑嗎？」我問。

他沒有回答我，大野興作只是在傻笑。

隔著螢光幕，我也感覺到他的心正在……

瘋狂大笑。

《要找一位真心的知己，或者多少也需要運氣。》

「原來是這些物質！我應該一早想到才對！哈哈哈！」大野興作用力地握著那份資料。

「你可以製作相同的藥劑？」我再次問。

「當然可以！不過……我為什麼要幫助你？」

「因為梅林菲是我們的共同敵人。」

「這麼多年了，你覺得我還在意他？」他反問。

「但他將要成為『神』，他想支配整個世界！」我大聲地說。

「關我什麼事？我在這裡生活無憂，我懶理他想怎樣就怎樣！」他比我更大聲。

來到了這一步，卻沒法達到這次對話的目的。

我沉默了起來。

「你多點來跟我視頻我不介意，哈哈，我的老朋友！」

話一說完他想轉身離開。

「遊戲完結了，最後是你……輸了。」我說出了梅林菲當年跟他說的最後的一句話。

他停止了動作。

「梅林菲想怎樣就怎樣，沒問題的，的確，你已經不在意了，不過……」我苦笑：「嘿，這場遊戲，你還是輸了給他，因為輕敵而徹底輸了。」

大野興作再次坐了下來，他看著我苦笑的樣子。

「你現在有一個反敗為勝的好機會就在眼前。」我反問他：「你真的要放棄嗎？」

梅林菲要怎樣做，張索爾完全不在意，他最在意的，不是「世界會變成怎樣」，而是……「自己曾經輸了」。

「十七年後這個機會來了，你……」

「別再說了！」他打斷我的說話。

我在等待他的下一句說話。

「叫那些廢柴獄卒，幫我準備實驗用的工具！」他像狐狸一樣奸笑。

我也笑了。

××××××××××

梅林菲的計劃繼續進行，而我的計劃同樣進行中。

2019年8月18日，我約了梅林菲的第六個「使徒」出來，在中環一間樓上咖啡店見面。

他是代表了嫉妒的黃凱玲。

沒有多聊什麼，因為我的目的不是只跟她見面，咒罵她成為「使徒」。

最後，我打開了《別相信記憶》第三部小說，在最後一頁簽名。

我全部簽名都習慣在第一頁，為什麼這次是最後一頁？

因為，當她的外甥女發現第一頁沒有簽名後，就會翻看整本小說，我要她無意地打開最後一頁，發現一封放在小說之中的信。

到時，她會通知黃凱玲，黃凱玲會看到在信封上寫著兩個字……

「真相」。

我的計劃成功了，第二天晚上，我收到她的電話。

「這是真的？」她問：「為什麼這些資料會在你手上？」

她的聲線明顯是因為哭過才會變得沙啞。

「我先要知道，妳現在的大腦有沒有其他組系的靈魂？」我要確定。

「沒有，我把靈魂封鎖了。」黃凱玲說。

「很好。」我看著工作室快要生孩子的貓女瞳瞳：「信中沒有說明嗎？資料不是我調查出來的，是另一個人，一個一直想幫助我們的人給我的。」

她沉思了一會，然後說：「是……二宮？」

「沒錯，他的死，也許就是因為和這件事有關，讓梅林菲狠下毒手，梅林菲不想二宮把所有事情都告訴我們。」

「他……在幫助我？」

「對，二宮想幫助所有的『使徒』，當中包括妳。」我堅定地說。

「我怎相信是真的？」

「信封內的相片，妳不會分不出真偽吧？」我反問。

在信封內，除了一封由二宮所寫的信，還有一張相片，一張……

黃凱玲小時候跟她爸爸媽媽的合照。

《就算哭到聲嘶力竭，也沒法去彌補一切。》

第二十二章 勝利者 WINNER 05

黃凱玲，背叛了梅林菲。

她有什麼原因會背叛他？

一切都在我跟大野興作視像對話完的那個凌晨。

那晚，我沒法入睡，我還在想著要如何對付梅林菲。

我的電話響起。

是「第二個」可以擊敗梅林菲的「元素」。

「櫻田太太，這個時間打給我有事嗎？」我問。

他是二宮的太太櫻田美內子。

「對不起，這個時候打給你。」她溫柔地說。

「嘿，沒事，我還未睡。」

「其實，今天新聞社寄來了一個USB手指，他們說是二宮在專訪後，他自己錄下來的影片。」她說：「本來新聞社的同事應該更早給我的，不過，因為二宮出事後，新聞社都亂作一團，他們都忘記了給我。」

「什麼？」我精神了起來：「影片內容是什麼？」

「我沒看過內容，不過，當時二宮跟工作人員說，把USB交給我，然後給一個叫『梁家威』的香港人，我想二宮是要給你看的。」櫻田美內子說：「你可以給我電郵嗎？我傳給你。」

「好的！謝謝妳！」

掛線後，我把電郵發給了櫻田美內子，她把二宮的影片傳給我。

我打開影片，看到二官穿著整齊的西裝看著鏡頭。

「已經開始了二官先生。」攝影師說：「我先離開，你拍完跟我說吧。」

「好的。」二官微笑說。

我看著二宮，有一份懷念的感覺。

「阿威，如果我們已經見面，這影片已經沒有意義，因為我應該已經把全部的事也跟你說了。不過，如果不幸我們沒法見面，這影片將會變得很重要，因為以下說的內容，是你不知道的事，你記憶中沒有記錄下來的事。」

二宮認真的樣子，一點也沒有改變。

「首先，我要跟你說一聲對不起，因為當時我把你們引導到最後的結果，希望你能夠原諒我。」他在鏡頭前做了一個誠意的鞠躬：「一直以來，我也是梅林菲的『使徒』。」

他……終於說出來了。

之後的內容，就是他如何把我們引入遊戲，比如來我的鞋店，還有之後引導我們去不同的國家。

「我來香港的目的，是想幫助你，而我準備這影片，就是知道萬一我們沒法見面，這是最後的『希望』。」二宮說：「你，還有黃凱玲的最後希望。」

黃凱玲？為什麼會是她？

原來二宮一早就知道我們也是梅林菲想要的「使徒」人選。

「如果不是最初收到你妹妹發來的電郵，我還以為發生在我們身上的故事，不會再有後續。不過，看來要發生的事都必須發生，我協助你打開第一和第二層記憶，而梅林菲最後打開你第三層記憶。」二宮繼續說：「我不知道是冥冥中有主宰？還是因為你的性格，你會一直調查下去，最後會把所有的事都揭開。有時，我在想，命運是由我們控制？還是由上天安排？這點我也不知道。」

的確，是因為我追查才會有現在的發展？還是上天安排我有這樣的發展？其實我也不太清楚。

「現在，我會說出，為什麼我跟隨梅林菲接近二十年，卻在這個時候背叛了他。」

我等待著答案。

《命運是由上天安排？還是自己控制？我們根本不會知道。》

「年少時，我是一個非常傲慢的男人，因為梅林菲的幫助，我才可以成為新聞從業員，結果，我把自己的靈魂出賣了。雖然我沒有跟他分享過靈魂，但我知道自己已經出賣了靈魂。」

從二宮的言談之間，我感受到一份悔意。

「他贏出那次遊戲之後，我把你們帶到鄺氏研究中心『洗腦』，也是他的安排；而研究中心在2006年1月埃及的車禍，十四個死者都是鄺氏研究中心的人，都是梅林菲跟我的安排。」他的眼有淚光：「當時我有跟他理論過，不讓鄺氏的人把事情說出來還有很多方法，不需要殺人，不過他沒有聽，最後也做成了那次的慘劇。」

他沒有看著鏡頭，心中必定是非常內疚。

「那次事件以後，我背叛他的想法已經萌生，我沒法接受自己成為幫助一個殺人魔的

『使徒』，我開始不再參與他的計劃，當然，梅林菲有發現我的『不合作』，不過，當年他還在忙著研究『靈魂鑑定計劃』，而我的用處也不大，他沒有怎樣要求我去做更多我不想做的事，直至……」二宮認真起來：「他要找尋第六位『使徒』，黃凱玲。他要我像你當年一樣，引導她一步一步成為他的『使徒』。」

原來也是由二宮把黃凱玲拉入「使徒」的行列。

「當年，代表了色慾的黃彥健即將在幾年內放監、代表貪婪的你也準備開啟記憶，而拉攏黃凱玲，在當時是最好的時機。我們安排了欺凌她的同學，還有所有讓她出現嫉妒心的安排，激發出人類的可怕嫉妒心理。」二宮的臉色變得灰暗：「而最後的導火線，就是梅林菲向黃凱玲的父母出手。」

「他對黃凱玲的家人怎樣了？」我知道只是一段影片，不過我還是這樣問。

「黃凱玲一家都非常貧窮，而且關係也不好，黃凱玲曾被他的父親虐打，而她的母親卻只是袖手旁觀，梅林菲利用了這一點，收買了她的父母。黃凱玲突然被另一對夫婦收養，成為了收養的女兒，同時也多了一個新的妹妹，當然，這只是梅林菲的安排，他要讓黃凱玲嫉妒這個新妹妹，最後，黃凱玲被趕出了家門，無家可歸。當時，充滿嫉妒與仇恨的黃凱玲，得到梅林菲與我的幫助，我們安排了她的衣食住行，讓她可以繼續學業。」

二宮停頓了一會沒有說話，我知道，梅林菲的計劃不會這麼簡單。

「黃凱玲在充滿嫉妒與仇恨的心態中成長，梅林菲看著非常高興，不過，她還未可以成為自己的『使徒』，他讓黃凱玲得到一個機會……」二宮低下頭說：「一個可以毒殺她全家的機會。」

我的雙眼瞪大。

「在那年的聖誕節，梅林菲安排了一場幸福的家庭聚會，當然，只安排黃凱玲的父親與那個妹妹參加，然後，讓黃凱玲在旁『欣賞』。她當時有兩個選擇，她可以選擇放下嫉妒與仇恨，而另一個就是……毒殺她全家。最後，黃凱玲選擇了後者，梅林菲才真正讓她成為自己的『使徒』。」

無論是我還是凱玲，梅林菲也沒有「強迫」我們必定成為他的「使徒」，他是要我們自己選擇，選擇出我們人類的「陰暗面」。

二宮的眼淚已經不禁流下。

「我也是幫兇，我把一個純真的少女的一生……摧毀了。」

《當妒忌出現於人心，可怕的事將會發生。》

「你看到這影片時，或者我已經不幸死去，你也成為了『使徒』，但我也希望把全部的真相告訴你，讓你知道，你相信的『神』，只不過是把你們玩弄於掌心的惡魔。」二宮抹去了眼淚：「如果你沒有因為利益而成為『使徒』，我很感激你的選擇，也希望你也可以把黃凱玲拉回來，別讓她繼續沉淪下去。」

二宮拿出了一張紙，上面寫著一個帳號與密碼。

「所有有關凱玲的資料都在這個雲端帳號裡，裡面還有一封我親手寫的信與凱玲的家庭合照，希望你可以用得上。」

二宮說完後，挺直了身子，專業地說出最後一句說話。

「有些東西，是凌駕於新聞價值，我們不能為了真相而去傷害其他人，這也是做新聞最重要的守則。」二宮停頓了數秒：「而比『不能為了真相去傷害其他人』這守則更重要的是……

用真相去拯救其他有需要幫助的人！」

他最後一句說話，說得特別有力，然後，他向螢光幕鞠躬，畫面中斷。

我也向著沒有畫面的螢光幕鞠躬。

二宮……你真的是……

我苦笑了。

眼帶淚光地苦笑。

二宮犧牲了生命，就是想把所有的真相告訴我，同時，也為了「贖罪」。

救贖多年來一直於心有愧的自己。

「二宮，你不是來幫助我的嗎？現在為什麼要我幫助你了？嘿。」我用力深呼吸：

「放心吧，我已經想到了打敗梅林菲的『計劃』！」

××××××××××

黃凱玲打電話給我的那個晚上，她直接約我出來。

我們坐在馬路對出長椅上，什麼也沒有說，她已經哭了兩小時。

我不知道她是因為後悔自己毒殺了父母而痛哭，還是因為被利用而流淚，我現在只能陪在她的身邊，安慰說話已經沒有用，因為沒有人會遇上跟她一樣的可怕經歷。

「你覺得我……」

她終於說話。

「我是一個怎樣的人？」

「怎麼一開口就問我一個這麼難答的問題嗎？」我無奈地笑著：「其實我也不是認識妳很久呢。」

「所以我是一個殺死自己父母的女人嗎？」黃凱玲看著我。

「問題就好像現在的香港社會一樣，是市民想對抗嗎？還是官逼民反？」我說：「妳有錯，但根源根本不是妳。」

「你要把我的事寫下來。」她突然變得很堅定。

我有點錯愕。

「為什麼？」我問。

「這是一種『懲罰』，當我看著你的小說時，我會記得我曾經是一個多麼可怕的人……因為嫉妒而變成了一個可怕的人。」她的眼淚再次流下。

當然，讀者只會把我的小說當成故事來看，根本不會有人相信是真的，也沒有任何的真實證據，沒錯，這是「真人真事改編」的故事，而「改編」兩個字是六個字中最重要的。

「我答應妳。」我說。

「要把我寫得美一點。」她說。

「妳已經是第三次提醒我了。」我跟漂亮的黃凱玲說：「妳一直也很美。」

她終於出現了一個流淚的笑容。

「之後我要怎樣做？」她問。

現在我們的共同敵人，就只有一個。

「妳什麼也不要做，就繼續跟隨著梅林菲，幫助他完成他的計劃。」

然後，我拿出了手機，給她看一樣「東西」。

「妳只需要幫我做『這件事』就可以了。」

一切的「條件」……

已經準備好了。

《黃凱玲很美，黃凱玲很美，黃凱玲很美，好了，足夠了嗎？》

第二十二章 太子站

PRINCE EDWARD

第二十二章 太子站01 PRINCE EDWARD

2019年8月31日，太子站。

晚上10時53分，防暴警察從C2出口進入太子站。

「所有站內的攝影機也正常運作。」鄺比特看著天花：「全部都會清楚地把現場發生的事錄起來，另外，騷亂開始後的二十分鐘，兩架列車將會相撞！」

鄺比特看著面前的十數個螢光幕。

他的真身正在山頂最高點普樂道的豪宅之內。

「怎麼聯絡不上梅主教？」鄺比特說。

「可能他想享受一個人的感覺呢？」黃凱玲的真實殘像出現。

「哈哈！看著兩列列車相撞，真的是一場他媽的娛樂！我明白主教的感受！」大肥佬鄺比特說。

就在此時，他面前的十數台電腦突然出現了「WARNING」的入侵警告！

侵。

「發生什麼事？！」他非常驚訝，因為他的網路保安是世界級的，不可能有人能夠入侵。

「WARNING」字出現以後，出現了一個對話視窗。

「鄺比特，沒想到會被駭入嗎？哈哈，世界上還有很多事你沒法想像到的！別以為你可以控制一切！」

文字最後出現了一個名字……「子明」。

「發生什麼事？」黃凱玲問。

「系統……系統被駭入了，被修改回本來正常的列車訊號……」鄺比特看著沒法控制的電腦畫面。

「比特，你房間後面……好像有人影走過！」黃凱玲驚慌地說。

「影？！誰？！」

就在這半秒時間，他才想到一件非常重要的事……

靈魂潛入只可以看到本體188度的視野，為什麼黃凱玲可以看到自己身後的地方？

他快速轉身，不過黃凱玲的速度更快，已經把張索爾製造「封鎖靈魂」的針劑打進了他的頸部！

為什麼「真實殘像」可以接觸對方？是張索爾新研發的藥做成這情況？

不，當然不可能。

黃凱玲出現的不是「真實殘像」，而是……她的真人！

一直也利用著「靈魂鑑定計劃」組系的人，已經習慣了其他人的出現，他們根本不能完全分得清楚，對方是本體還是殘像！

習慣……是最可怕的。

「這……這是什麼？妳把什麼打入我的身體？！」

二百五十多磅的鄺比特整個人倒在地上，他沒法自己爬起來！

「還好，這麼多年的開鎖技術也沒有退步！嘻！」在大門傳來了女聲。

媛語走入了鄺比特的房間，就是她讓黃凱玲的真身走進來！

「我也終於打敗了被稱為網絡界的神了，哈哈！」另一個男人走入了房間，他是子明。

「你們……」

鄺比特的意識開始模糊，他看著黃凱玲、媛語與子明，他還沒法相信他們是一夥的。

「這藥劑加上月瞳製作的麻醉藥，你就好好去睡一覺吧，肥豬！」媛語跟他說。

鄺比特已經沒法回答，倒在地上昏迷了。

子明立即走到鄺比特的電腦前，然後把自己手上的MacBook連接上他的電腦，著迷地快速輸入：「嘩，沒想到他是這樣寫程式的！」

「子明，快點完成『之後的工作』吧！」媛語說。

「沒問題，交給我！」

×××××××××

八分鐘後，晚上11時01分。

太子站一個放了炸彈的機房內。

「你們引我來這裡，就是想對付我嗎？」代表憤怒的使徒，總警司杜俊光說。

在他面前是阿坤與展雄。

「叫你的手下停手，別要再打市民！」阿坤憤怒地說。

「啊？你是不是有什麼誤會？他們只在執行職務而已。」杜俊光暗笑：「而且我們已經沒法控制充滿憤怒的警員了。」

「阿坤，不需要跟他說太多，動手吧！」展雄在磨拳擦掌。

「正有此意！」

這是多年來，經常吵架的阿坤與展雄，終於……

首次二人合作！

《沒一起打過架，怎叫做真正朋友？》

阿坤與展雄已經開始進攻！

「我可以一槍打爆你們的頭，只要我說一句你們襲警，我就沒有任何的責任！」杜俊光不用多說，拿出了手槍：「反過來，你們攻擊我會賠上什麼刑責，你們心中有數吧。」

「看來，孤仔說得對！」阿坤笑說：「他會用說話恐嚇我們，嘰！」

「所以……還等什麼？」展雄說。

他們非常有默契，展雄快速捉著杜俊光的手，阿坤一個手刀把他的手槍打下！

杜俊光當然也不是蓋的，他一個直拳打在展雄的臉上，就在拳快要打中之時，阿坤一個手掌把他的攻擊擋住！

展雄立即一腳踢向杜俊光的左腳小腿脛骨，杜俊光單膝下跪！

阿坤趁這時機一個手刀轟在杜俊光的頸部，杜俊光一手格擋！然後以重拳還擊，打中阿坤的胸前！

同一時間，他一個手踭重重轟在展雄的手臂位置！展雄只能後退，沒法再次攻擊！

杜俊光立即站了起來，後退了一步：「不錯不錯，看來我的跆拳道學來真的有用呢。」

「是跆拳道嗎？」阿坤高興地說：「我也是……」

「三屆自由搏擊的冠軍。」展雄代他說。

他們對望了一眼，笑了。

第二輪攻勢已經展開，這次杜俊光拿出了警棍向著二人揮舞，他們只能用手臂格擋，展雄嘗試再次攻擊他的下盤，可惜也被杜俊光的伸縮警棍擊中前腿！

「媽的！」

阿坤也不甘示弱，想一個重拳還擊，可惜，警棍直插攻擊，從他的拳頭旁邊擦過，阿坤只有手臂的長度，被更長的警棍擊中胸膛！

「你們兩個人也不夠我來嗎？」杜俊光囂張地說。

「不，我們只是在……讓你。」阿坤也笑了。

然後展雄指指杜俊光左邊的身後。

一支針筒打中了他的身體！

「什麼？！」杜俊光非常驚訝。

「我們只是引你去一個最清晰的射擊位置！」展雄說。

在機房內的暗處，月瞳拿著針筒槍，慢慢走了出來。

杜俊光全身僵硬，跟當年的張索爾一樣！

「月瞳，射得好！」阿坤高興地說。

「謝謝！」月瞳微笑。

「好好去睡一覺吧！」展雄對著杜俊光說。

此時，杜俊光卻在瘋狂大笑！

「我睡著前……你們也跟我一起……去死吧！」他手上拿出了一個引爆裝置：「全部……給我……去死！」

「不要！」阿坤大叫。

杜俊光在意識清醒的最後一刻，按下了引爆裝置！

一秒。

兩秒。

三秒。

三秒過去，什麼事也沒有發生。

「阿坤，你的戲太差了，你應該叫『不要按下去』，而不是只說『不要』。」展雄揶揄他。

「媽的，我又不是演員，而且你的那一句說得太長了。」阿坤反駁。

「是你怕說錯吧？」

「我才不怕！我覺得說『不要』已經很入戲！」

他們再次爭論起來。

「好了好了！兩位！」月瞳阻止了他們：「我們還有其他事要處理，要趕快！」

「對！我們先要處理這個杜俊光。」展雄看著機房內的入口位置：「其他的事，

「阿威，就交給你了！」

月瞳與阿坤點點頭。

《如是真心朋友的話，從來不怕互相責罵。》

太子站 03 PRINCE EDWARD

第二十二章

山頂的別墅內。

「對不起，這次遊戲……你輸了。」我對著梅林菲說。

說出當年他對張索爾的一句說話。

「為什麼……為什麼我不能潛入你的大腦？」梅林菲的汗如雨下。

「剛才我已經說了張索爾還未死，他利用你當年使用藥劑的化學成份，做出了可以把靈魂封鎖的藥物，就是當時打入他身上的藥劑。」我像博士一樣解釋著。

「不可能的！我從來也沒有被打入過藥劑！」梅林菲不斷搖頭。

「對，忘了跟你說，張索爾把你的藥物改良了，而且比你的研究更厲害，我們不用把藥劑注入你的身體，也可以做到……靈魂封鎖！」

「怎……怎可能……」

「怎麼沒可能？你也可以讓我用嗅覺打開第三層記憶吧？」

「妳只需要幫我做『這件事』就可以了。」

當天我跟黃凱玲說的一句話。

然後，我指向大廳的某處：「黃凱玲已經在你家中放置了一天，你在二十四小時內不斷吸入，現在你的靈魂已經沒法走到另一個人的大腦之中！」

那個是香薰噴霧器，張索爾的藥劑一直在室內噴出！而且是無色無味！

「凱玲……」

「她已經知道了你如何對她，要多得二宮把真相告訴我們！黃凱玲已經背叛了你！你的計劃在開始之時就已經不會成功！」我用力地說出這句說話。

梅林菲整個人也呆了，乏力地依靠在沙發之上。

「不可能的！不可能！剛才我看到的直播，列車已經相撞！而且也出現爆炸！」梅林菲用仇恨的眼神看著我：「嘰嘰，我的計劃還是成功了，很多人跟我陪葬！」

「那段片是不是很精彩？」我微笑說：「那只是子明製作的某些電影合成影片，你其他的『使徒』也許已經被我們的人制服了，做這影片就是要讓你完全墮入我的計劃之中，當然，也替我拖延時間吧。」

他沒法說話，只是眼神空洞地看著我。

「還有一件最重要的事未告訴你。」我身體傾前看著他：「張索爾研發的靈魂封鎖藥物，是永久的，即是說……你、永、遠、也、不、能、再……共享靈魂！」

他當然還是可以把「靈魂鑑定計劃」用來賣給需要的人，不過，梅林菲絕非這樣的一個人，他想成為「神」，他要成為獨一無二的「人」！

不能共享靈魂，將會是他一生中最大的挫折！這也是張索爾製造這種「永久性靈魂封鎖」藥物的原因。

張索爾永遠鎖在監獄之中，而梅林菲，永遠也鎖在這個身體之上！

「梅林菲醫生，你有想過嗎？為什麼會有這麼多人背叛你？」我問。

我知道，他在這個時候根本沒法回答我的問題。

「就如香港的情況，我們擁有的是思想自由、自由意志，你跟政府一樣，用不同的方法去破壞了我們思想的自由，不斷利用金錢、權力、仇恨的心理一步一步把我們變成你的

『棋子』，對不起，我想跟你說，你已經失敗了。」我認真地跟他說：「當然，你可以給我很多很多的利益，我也曾經有動搖過，不過，如果要我未來的日子，也要成為『奴隸』，對不起……」

我指著自己的腦袋。

「**我沒法做到**，除了我，死去了的二宮，還有黃凱玲也沒法做到。」

沒有任何東西，會比自由的思想更加重要，要我活在梅林菲的支配之下？要我活在世界的強權之下？

對不起，我做不到，就算要死……

我也做不到。

《思想與言論的自由，我們絕對要堅守。》

「已經……沒法潛入……別人的大腦？」梅林菲的打擊非常大，他沒焦點地看著地板。

「對。」

「已經……已經沒法變成神？」

「對。」

「我已經……輸了給你們？」

「對，你已經徹徹底底輸了。」我說。

他一定還在大腦中不斷潛入其他組系成員的身體，可惜沒法成功，然後，他要再次確定這是真實的事、已經發生的事、不能逆轉的事，他要由我這個對手親口確定。

突然！

他快速地從茶几中拿出一把手槍，指向我！

我當然知道來這別墅的危險性，不過，沒想到他會這麼直接地拔出手槍！

我的潛意識合上雙眼，用雙手放在身前擋格！

「砰！」

一下槍聲……

我被殺了嗎？被打中腳部？手臂？胸前？

沒有，我沒有痛楚。

然後我張開了眼睛。

梅林菲的一槍向著天花上發射……他沒有攻擊我！

他的下一個動作，再次讓我嚇呆。

「是真槍，這次不會做假了……」

他把手槍……遞給我！

跟十七年前一樣！

「十七年前，你沒有選擇把我殺死，我還利用你去完成我的計劃。」梅林菲額上的汗水滴下：「現在，給你多一次機會，把我殺死吧。」

我的心跳加速，看著他手上的手槍。

「這次遊戲是你贏了，我也再不能共享靈魂，生存下去也沒有意義。」他把手槍再次推前，想把它放到我的手上：「你用這把手槍懲罰我吧。」

這次，到我的汗水流下，我沒想到梅林菲對遊戲會執著到這一個地步。

我怎可能殺了他？

不可能！

「如果你不殺我，我會先殺你，然後自殺！」梅林菲說：「這次我不再扮自殺，而是……真正的自殺！」

他在威脅我！

現在我要逃走嗎？

還是先拿了手槍再想方法？

這也是他的「遊戲」一部分？

我的大腦不斷在轉動，無數的問題不斷出現。

就在此時，一把聲音從我們的身後傳來！別墅中……還有其他人！

「住手！」

男人快速走到我們兩人之間，然後……拿起了手槍！

「別要傷害我父親！」他把手槍指向了我。

什麼？！父親？他就是梅林菲的兒子……梅業基？！

太……太突然了，我跟梅林菲也完全呆住了……

「放過他吧！」梅業基大聲地說：「我不知道你們之前發生過什麼事，但我聽到你們的對話，請放過我的父親吧！」

「先等等……」我雙手舉起。

梅林菲看著自己的兒子，他的眼淚已經不斷流下。

「不是我要傷害你父親，是你父親強迫我去殺死他！」我說出了事實。

「業基……你知道嗎？我生下你……也是我的計劃一部分。」梅林菲淚流滿面：「我不是一個好父親，我甚至想你死，奪去你的身體！因為這樣才會把你捉回來！」

「你下次應該要把我綁緊一點，不然我就太容易鬆綁了，嘿。」他在淺笑：「總之，你是一個怎樣的父親，甚至是想殺死我的父親，怎樣也好，這是你的想法！而我的想法是……你是我的父親，我不能……**見、死、不、救！**」

聽到他的說話後，梅林菲整個人坐在地上，痛苦地大哭。

「自由思想」。

梅業基當然可以痛恨這個畜生不如的父親，不過他用自己的想法，選擇了……「寬恕」。

梅林菲一直也想支配其他人，而且用「遊戲」來把自己的計劃完成，得到最大的滿足感。

可惜，來到這一刻，來到真正要死的一刻，他的想法與遊戲，也落敗了。

完完全全地落敗了。

其實，根本不是由我去打敗了梅林菲，真正打敗他的是……

「親情」。

一種比任何感情更重要的關係。

《為了適者生存，願意以德報怨？》

第二十章 太子站 PRINCE EDWARD 05

2019年9月15日。

太子站事件發生後的兩星期。

「光復香港　時代革命」

我看著在橋上吊下來的直幡，已經三個多月了，香港的局勢沒有改變，而且變得更混亂，上千的被捕人士，有些還下落不明。

已經不知道是第幾次遊行，不過，今天的遊行又再次被反對通知書禁止，當然，市民自發遊行還是繼續下去。

事件發展到現在，已經不只一兩區出現示威，現在全港九新界都有不同的示威，連儂牆佈滿整個香港。

都市人最容易做到的，就是「習慣」，不過，這次我們不能習慣，如果真的是習慣了，香港就會真正的完結。

中環畢打街一間樓上餐廳，我們六人又再次聚在一起。

為了香港同時為了我們的故事聚在一起。

「孤仔，當天你真的放走了他們？」阿坤問。

「他拿著手槍，我怎能不放？」我回答。

「這兩星期也沒有梅林菲與梅業基的消息。」子明說：「手機也關了，不知他們去了哪裡。」

「他們當然是逃走了，可能已經不在香港。」媛語說。

「希望他們可以過新的生活吧。」月瞳說。

離開了？逃走了？怎樣也好，我反而覺得，故事來到這裡已經足夠了，所有的真相都揭開，而且我們六人也沒有受傷，這是最好的結局。

太子站事件那一夜以後，網上流傳著「警察打死人」的傳言，的確是疑點重重，但我們沒法知道真相。

不過，在這事件中，有些細節，我們卻比其他人知得更多，而且就只有我們六個人知道。

太子站B1與C1的出口，曾被完全封鎖，我不知是不是和「打死人」有關，但我肯定跟「炸彈」有關。

黃凱玲因為要讓梅林菲中計，她沒有停止炸毀太子站的計劃，那七個地點都真真實實地安裝了爆炸裝置，當然，是沒有炸藥的裝置。而從太子站B1與C1出口方向，地下的一百米範圍內已經有三至五個爆炸裝置，我們的事件完結後，子明用一個沒法被追查的網上帳號，通知警方有爆炸裝置，讓他們在站內尋找，也許因為這樣，他們要封鎖整個出口。

當然「爆炸裝置」這件事如果讓公眾知道，必定會引起恐慌，所以，不會有市民知道箇中原因。

還有，鄺比特駭入港鐵系統的事，子明已經利用他家中的電腦資料揭發了，他被控「不誠實使用電腦」的罪名。如果只是這罪名不可能讓他得到真正的「懲罰」，所以子明從他的電腦中獲得了更多的網上犯罪資料，他的案件，已經交給了國際刑警(ICPO)處理，即是說，鄺比特會有好一段時間不會再出現。

而杜俊光已經辭掉了總警司的職位，為什麼他會這樣做？

很簡單，因為他跟鄺比特串謀的對話記錄，已經在我們手上，他沒有任何選擇，我們只需要他辭職已經是對他最大的寬恕。

他跟我說，自己曾經也是一個好警察，當年的富豪謀殺案中，他們組系的人想繼續殺下去，他也曾經想叫他們收手，可惜，最後因為自身的利益，變成了現在的自己。

我不知道這是他求饒的藉口，還是他的確曾是一個好警察，我只知道，權力與金錢會讓一個人「腐敗」，尤其是在擁有武器的人之中。

「威，你又發什麼呆？快吃吧！」月瞳把一隻端士雞翼給我。

「別相信記憶」引發的事情，終於告一段落，其實我應該不用想太多，不過，還有一個「問題」……

全部真相揭開後，最後一個問題。

是否已經沒法找出答案？

《有太多的真相已經被隱藏，也有太多的謠言沒法求證。》

第二十二章

太子站06 PRINCE EDWARD

2019年9月22日。

「願榮光歸香港」

今天，在沙田、西九龍、南昌、青衣等商場，市民發起了集會，高唱著一首香港人創作的歌曲《願榮光歸香港》。

「黎明來到　要光復　這香港　同行兒女　為正義　時代革命
祈求　民主與自由　萬世都不朽　我願榮光歸香港」

每次聽到這一首歌，都有一份感動的感覺，或者，只有香港人心中才會出現這一份感動。

我從沙田回到工作室，「靈魂鑑定計劃」的故事已經完結，不過，在現實的世界，卻還有很長的路要走。

此時，我見到月瞳的來電。因為我的貓女瞳瞳生了三個小女孩，所以幼貓要作定期的身體檢查，今晚，約了月瞳替三貓B做檢查。

「我跟助手會準時來的了，別擔心我會遲到。」我拿起電話笑說。

她沒有回答。

「月瞳，怎樣了？」

依然沒有聲音。

「月瞳？是按錯掣嗎？回答我。」

突然！

「妳的月瞳真的是一位好醫生。」

一把男人的聲音……

「我說我的狗快要死了，我身體又不方便，要她出診，她立即答應來了。」

是……梅林菲的聲音！

「你……為什麼拿著她的手機？」我的聲音在震。

然後，他給我一個地址，要我一個人去找他，不能通知其他人，他要跟我單獨見面！

「我立即來！別要傷害月瞳！」

……

…

二十分鐘後，我來到荃灣灰窰角街某工業大廈的頂層單位。

門打開，我已經看到微笑的梅林菲。

「歡迎。」

我已經沒理會這麼多，一個箭步走入單位內，我看到月瞳躺在地上。

「月瞳！！！」我奔向她。

「她沒事的，放心！」

我蹲下來抱起她，她在昏迷之中。

「你對她做了什麼？！」我回頭看著梅林菲。

「我用了兩個星期躲起來，我在想……」他在單位內徘徊著：「我的確是輸了給你，而且輸得一敗塗地，不過，我可以像張索爾一樣，在失敗中反敗為勝嗎？」

我沒有理會他的說話，立即報警。

「只要你打出一個電話，你永遠也看不到日月瞳，她會死在你的面前！」梅林菲奸笑。

我收起了電話：「你對她做了什麼？！」

「沒有，就跟你一樣吧，把她的第三層記憶打開！」梅林菲笑得猙獰：「先讓我說完好嗎？我在想如何可以反敗為勝？然後，我想到你不在意錢，那一定會在意身邊的人，所以……我找來了日月瞳。」

月瞳還有呼吸，身體還是暖的：「你為什麼要把她的第三層記憶打開？！」

「跟你那次不同的，因為我用了大劑量的藥物，她會昏迷至少二十四小時，但當日月瞳醒來回復記憶後，她會出現嚴重的精神錯亂，直接點說，會完全變成一個瘋子！」梅林菲指指月瞳：「我看你還是不要弄醒她比較好。」

「為什麼……要這樣做？！」我咬牙切齒地說。

「不是說了嗎？我要打敗你。」

然後，梅林菲再次，是第三次，把手槍掉到我的面前。

「一分鐘時間，殺了我，我會給你解藥的存放位置；不殺我，你的日月瞳會……死！」

梅林菲說：「對，還有一件事，你應該會很高興，在一分鐘後，我的生命也……**同時會完結**！」

他指向一個打開了的玻璃窗。

「我死了，你永遠也救了不日月瞳！」

他要……跳下去！

《那個人的回憶、過去與曾經，是用金錢買不回來的。》

殺了他。

救月瞳。

這是最簡單的方法，而且也是梅林菲想要我做的最後決定，他還沒有放棄，他還是想……「控制我」！

「倒數正在開始，把我殺了吧，只有你……有這資格！」

我看著地上的手槍……

「我殺了你，你真的會給我救回月瞳的方法？」我認真地問。

「對，我一定會告訴你，因為那時候……我已經贏了你！哈哈哈！」

他不怕死，一點都不怕，他只想贏出這個遊戲！

只要一槍把他打死，我就可以救回月瞳！

一槍把他打死！

我拾起了地上的手槍，指著梅林菲。

「放心吧，你不會有任何的法律責任，我會在放解藥的地方，放好我要殺月瞳的遺書，你只是自衛而殺死我，沒有任何責任！」梅林菲看著手錶：「你還有……四十秒。」

我真的可以相信他？

他會說出拯救月瞳的方法？

我要把子彈打在他哪個位置？不能讓他立即死去？

如果不殺了他，只是槍傷他，這樣可以嗎？

我腦海中出現無數的問題！

前所未有的問題！

梅林菲一步一步走到了玻璃窗前，微風把他的頭髮吹起：「你還有三十秒可以決定。」

還有其他的方法？

我根本不是怕什麼法律責任，我只是怕他在說謊，最後也不告訴我拯救月瞳的方法！

「你贏了我又如何？為什麼要做到這地步！」我歇斯底里地大叫。

「不，你錯了，我的生存，就是為了成為獨一無二的『神』。現在已經不能成為神了，那麼，我只有一個人生的目標，就是贏了這場最後的遊戲。」從他的眼中，我看到絕望：「在我殺死自己的親生兒子之後，我已經知道，我已經不想做人了。」

他……殺了梅業基？

「來吧，又不是我殺你，我只是要你殺我，讓我得到最後的勝利吧！」梅林菲說。

他站到窗前，雙手打開：「你還有……十秒。」

如果我開槍，不就是讓他控制別人想法得到「最後的勝利」？

我的人生，沒法由我來控制，就像成為他的「使徒」一樣，我還是在他的計劃之中，沒法跳出！

「六秒。」

我的思想是自由的，不可能讓別人控制！

「四秒。」

就算……我被人威脅，思想也是自由的！

「三秒！」

月瞳，妳……妳也是這樣想嗎？

「兩秒！」

我站了起來，做了一個動作！

「一秒！」

我把手槍掉在地上。

梅林菲呆了一樣看著我。

「你……真的想月瞳死嗎？你真的不想我贏嗎？」

然後，我一個箭步衝向他！我想救他！

「太遲了。」

「不要！」

「最後……」

他整個人向後倒……

「還是我輸了。」梅林菲說。

我一手想捉住他的腳，可惜沒法趕上！

我只能從窗口，看著他……向下墮！

就在半空中，他對我用口形說出了……三個字！

他……微笑地說著！

一個人從二十八樓到地面要多少時間？

我根本沒法計算，我腦袋完全一片完白！

我只聽到一下巨響……

然後……

回復了平靜。

比任何的寧靜……更平靜。

梅林菲躺在血泊之中……真正離開這個世界。

真正完結他峰迴路轉的人生。

梅林菲的死，我只能發呆數秒，只因月瞳的生命也危在旦夕！

我回頭看著躺在地上的月瞳，然後打出一個電話。

「古哲明！我要你幫忙！」

《能製造峰迴路轉的人生，都只因生命遇上每個人。》

忘記你
終章
REMEMBER

忘記你01 終章 REMEMBER

一小時後，我已經帶月瞳來到了古哲明的腦部研究中心。

正常來說，我應該帶月瞳到醫院才對，不過，普通的醫院根本就不能幫助月瞳，現在，我只可以依靠古哲明幫忙。

古哲明正替月瞳診斷之中，已經快過了兩小時，他們還沒出來。媛語、展雄、子明、阿坤也來了，還有黃凱玲都在陪著我們。

「阿威，其實你這樣帶月瞳過來會不會有問題？梅林菲當時墮樓死去……」展雄問。

「我也沒想太多了，那些事我再跟警察交代。」我心中只是在擔心月瞳。

「媽的！為什麼要等這麼久，是不是救不回來？」阿坤生氣地說。

「坤！你給我收了你的烏鴉嘴！」媛語喝罵他。

「對不起！」

「本來以為事件已經完結，唉。」子明在嘆氣。

「別怕，哲明一定有方法！」黃凱玲給大家打氣。

此時，古哲明終於出來。

「怎樣了？」我立即跑過去問他。

「首先，雖然我已經看過你的書，還未完全清楚你們所說的『靈魂鑑定計劃』的事，『第三層記憶』我也未可以完全確定，不過我會相信你們。」古哲明說：「我替日月瞳做了不同的腦部素描，她大腦的前額葉、海馬結構等，都出現了很嚴重的問題，現在，我想了解一些事情。」

「你想知道什麼事我也會告訴你，你要救回月瞳！」我心急地說。

「我想知道你早前回復你所說的『第三層記憶』，有沒有像月瞳現在的昏迷情況？」他問。

「沒有，當時我只是嗅到水杯中有一些奇怪的味道，然後頭部出現了劇痛，之後『第三層記憶』回來了。」我回憶著。

「嗯，我明白了，只要嗅到就已經可以打開『第三層記憶』，即是說，月瞳被打入了過量的藥物才會變成這樣……」古哲明在思考著：「我有看過你的小說，十多年前你們本來也會因為沒有了『靈魂鑑定計劃』的SBCE藥物而導致精神失常，對？」

「沒錯！最後我們接受了催眠，修改與刪除了記憶才能正常地生存下去！」媛語代我回答。

「明白。」古哲明看著手上的資料：「現在月瞳的大腦出現了異常，而且異常的部分都是有關記憶的位置……我沒有十足的把握，不過也許這是唯一的方法讓她異常活躍的部分，可以平靜下來。」

「是什麼？」我問。

「逆向催眠。」古哲明說：「就如你小說所說的方法，透過向沉睡者進行逆向催眠，把日月瞳的記憶修改與刪除，也許可以把她的大腦異常安定下來。」

我們全部人都靜了。

「等等，我們不是已經接受過催眠，不能再用催眠的方法？」我問。

「你等等我，我叫李德榮來跟你解釋。」古哲明說：「凱玲，幫我叫德榮進來。」

「好的！」

李德榮就是早前替我催眠的催眠師，可惜，最後我的催眠失敗了，因為我沒法再次接受催眠。

五分鐘後，李德榮走了進來，古哲明跟他解釋現在的情況，他點頭。

「我簡單的說吧。」李德榮跟我們說：「『沉睡者逆向催眠』跟正常的催眠是不同的，不會像你當時一樣不能成功催眠，因為你在清醒的狀態，意識會自然地拒絕催眠，而現在，因為被催眠者在昏迷之中，我們可以進行『強制性』的催眠，然後修改與刪除她的記憶。」

「那就快去做吧！讓月瞳回復過來！」媛語說。

「不過，還是有風險的。」古哲明說。

「風險？」我很緊張：「什麼風險？」

「因為我們從來也未試過在這種情況下進行催眠，不確定是否可行，當然，你們幾個人是實例，可以在十多年前修改與刪除記憶後，十多年後回復記憶也沒有問題，但我們不能完全確定是否可行，如果失敗了，日月曈可能會永久昏迷，變成植物人。」

「成功的機會是多少？」我問。

「四成與六成，四成會成功。」

《誰在你最脆弱的時候，依然不離不棄在逗留？》

「只有……四成嗎？」展雄搖頭：「六成會永久昏迷……」

我們全部人也不發一言，心中卻是非常擔心。

「還有一個重點，刪除的記憶不只是由第二層記憶開始，而是由第一層之前，既是說，日月瞳會……完全忘記你們。」古哲明說。

「不可以！我們這麼困難才能記起對方，不能刪除月瞳的記憶！」媛語眼泛淚光。

「但如果不這樣做，她醒來後必定會變成瘋子。」古哲明說。

「古哲明，你說的『完全忘記』，就是讓月瞳回復到還沒碰上我之前的記憶？第一、二層記憶沒有打開之前？」我想確定。

「對，所有有關你們的事都不會記起，我們要刪除你們五人在月瞳中的記憶，就如你們這十多年來一樣。」古哲明說：「當然，跟你們現在的情況一樣，或者可以讓日月瞳在十多年後再次打開所有的記憶，我會跟李德榮安排跟你們當時一樣的一個『開鎖密碼』，能在未來的日子，讓日月瞳再次回憶起所有記憶。」

「又要十多年後嗎？」子明傷感地說：「最後……還是忘記了我們。」

大家也非常失望，沒有人想忘記月瞳，也不想月瞳忘記了我們。

此時，我站了起來。

「這次不同。」我握緊了拳頭：「完全不同！」

「有什麼不同？」阿坤問。

「之前，是我們六人都忘記了彼此，而這次只有月瞳忘記我們，我們卻……」我認真地看著他們：**「永遠也不會忘記她！」**

他們一起看著我。

「我想問，如果催眠成功了，月瞳醒來回復正常的生活，我們可以跟她見面嗎？」我問古哲明。

「當然可以，不過她已經不會記得你。」他說。

「那我們不是可以跟月瞳說出我們發生的事嗎？」媛語高興地說：「就算她忘記了，

我們五個人真誠地告訴她，月瞳也許會相信我們！」

「不，我不建議這樣做。」古哲明說：「我們不知道這麼快喚醒日月瞳的記憶會有什麼後果，我覺得你們還是不要向她披露任何有關你們的事比較好。」

全場人再次沉默，沒有人想要這樣的結果。

「不能再拖，你們的決定是怎樣？」李德榮提醒我們。

然後，他們五人同時看著我。

我知道，他們想由我去決定。

「催眠必定會成功的！」我的眼眶滲淚：「我知道一定會！」

這已經是我給大家最好的答案。

「月瞳是一個人住的，在她手袋有她家的鎖匙，我們現在去月瞳家，把所有有關我們的東西全部銷毀，不能讓她想起我們！」我說。

「還有，日記、筆記、手機、平板電腦、電腦、社交網頁之類的記錄都要全部刪除。」展雄接著說。

「有關電腦與網絡的東西交給我！」子明說。

「月瞳的手袋我拿著，有鎖匙！」媛語說。

「那就快出發吧！」阿坤說。

「李德榮，還有多久進行催眠？」我問。

「看現在情況，一小時之後。」李德榮說。

我點頭，然後走入了月瞳的房間，她正安睡在床上。她依然很漂亮，依然是我最熟悉的月瞳。

月瞳……

就算，妳的記憶消失，忘記了我，妳還是會留在我的記憶之中。

永遠留在我的記憶之中。

……

…

.

「不緊要，妳忘記了，我記得就夠。」

我對著她說。

眼淚，流下來了。

《不緊要，妳忘記了，我記得就夠。》

忘記你03 REMEMBER 終章

2019年10月2日。

昨天，是中華人民共和國建國七十週年，同時，在香港發生最嚴重的一次反修例運動示威，一邊是歡慶的畫面，而另一邊是示威者頭破血流的畫面，形成了強烈的對比。

今天是示威後的第一天，市面滿目瘡痍，港鐵停駛、商場關閉，我在想，身在香港的我們，其實，又有什麼可以值得慶祝呢？

香港的情況還未能看到未來，不過，我們的故事，隨著梅林菲的死亡，已經完結。

梅林菲墮樓的那天，本來我有非常大的嫌疑，不過，因為梅業基的證供，我沒有再被懷疑，而且也成為了受害者。

梅業基不是被梅林菲殺了？不，他沒有死去，梅林菲沒有殺死自己的兒子，他只是在說謊。當日他只是威逼我去殺他，最後，他還叫兒子幫我解釋與辯護，無論當時我是殺了他還是自殺，我也不會有任何的罪名。

梅林菲在想什麼？

他要幫我？還是在最後都要用他的方法贏我？

隨著他的離開，答案已經不得而知。

梅林菲的離開，「別相信記憶」這個故事，真正的完結了。

而知道這個「真實故事」而又生存下來的人，都繼續著自己的生活，繼續在人生路上跌跌碰碰的走下去。

在日本的北野和真先生，事件完結後，決定放一個悠長假期，他說會來香港，到時再跟我們約見面。他說張索爾知道我們贏了梅林菲以後，他非常高興，繼續快樂地過著他的獄中生活，跟他人生中唯一一個好友大野興作快樂地渡過餘生，那怕，他是一個殺人犯。

另外，黃凱玲繼續幫助古哲明，做他的得力助手。我們這次事件，對古哲明在「記憶」方面的研究，有很大的參考價值，他會繼續著手有關大腦與記憶的研究。

人類有記憶的原因，是為了保護過去，但為什麼我們的記憶卻不可靠？總是會出錯？

古哲明曾跟我說過，人類在回憶與想像未來(MEMORY & IMAGINATION)時，腦內的活躍方式都非常相似，我們的心智就像是「時光機」一樣，會穿梭來回過去與未來，如果，我們沒有過去，就代表沒有未來了。

記憶總是會出錯？這個問題，我一直也在想，當然，沒有正確的答案，又或是說「神」就是需要人類「不完美」，才可以出現現在的人類文明。不過，這個問題對我來說，只有一個簡單的解釋。

「就是因為我們的記憶會出錯、就是因為我們會忘記，才更要珍惜跟我們有回憶的人。」

就是這麼簡單。

寫到這裡，我腦海中突然出現了一個十來歲時發生的故事，一個「擦身而過的緣分」故事。

而最重要的，如果沒有「記憶」，就不會有《別相信記憶》這部作品了，嘿。

我們組系的人都再次繼續自己的生活，展雄與趙殷娜比我想像中更加恩愛了，當然展雄還是一個口花花的男人，不過我知道，他要跟趙殷娜一生一世，這個想法，十多年來也沒有改變。

媛語跟他的先生張超仁也幸福的生活著，回到了家庭主婦的生活；子明也回到了他的海味店繼續工作，當然，他的正職是網路駭客吧；而阿坤也回到他的冷氣公司，他更答應我們清還所有欠債後，不再賭錢。

雖然我們有各自的生活，不過，還是會約出來聚聚，細訴我們的「曾經」與「過去」。

友情從來也不是一件簡單的事，我們需要有很多很多共同的回憶，才可以成為……

「一世的朋友」。

啊？還有一個人，我沒有提起她？

對，她對我來說，是他們之中，最重要的一位。

一位，我永遠不會忘記的知己。

……

…

．

跑馬地墳場。

《我們都一起珍惜，我們共同的回憶。》

*「擦身而過的緣分」，請收看書中最後孤泣小故事——《擦身而過的緣分》。

終章 忘記你04 REMEMBER

我拿著鮮花，來到她的墓前。

今天沒有什麼人，可能是因為最近香港的情況，連探望離開的人也變少了。

天氣很熱，卻有微風，風打在我的臉上，有一份微暖的感覺。

我把鮮花放在她的墓前，然後坐在她的身邊。

「這樣結束一個故事，好嗎？」我對著空氣說話。

當然，我是在跟一個已經離開的人說話。

我不會忘記第一次跟她交換了靈魂，我無意地捉摸她的胸部，嘿，我想起又笑了。

我不會忘記我在她的身體中被男人佔有，很痛苦，不過回憶起來，我也笑了。

沒錯，很多痛苦的回憶，過了很多很多年以後，都會變成會心微笑的故事。

「月瞳，妳在天國生活得好嗎？」

我向著藍藍的天空問。

……

…

.

等等。

我是一位香港小說作家。

我最喜歡把真實與虛構的故事交雜在一起，尤其是「真人真事改編」的故事。

結局是怎樣，是由我來決定。

這個結局你喜歡嗎？

無論你喜不喜歡，我也用文字記錄下來了。

不過，其實這並不是……「真正的結局」。

嘿，沒錯，我就是一個這樣的作家。

不是說過很多次了嗎？

就算是真實的故事也好，把它寫成小說，讀者都會用「小說故事」的角度來看待。

哪個才是真正的結局？

由你來決定，好嗎？

……

‥

．

荃灣某寵物診所。

我走進寵物診所，今天，我帶瞳瞳與豆豉生的三隻貓B來做身體檢查，她們三個都是女生，我給她們改了名，叫豆花、豆奶、豆腐，三個都跟爸爸姓，嘿。

「豆花、豆奶、豆腐，可以見醫生！」診所的職員說。

「是！」

很有趣的，人類去看醫生會叫病人名字，但在寵物診所看醫生，叫名會變成了寵物的名字。

「三豆B我們見醫生了！」我跟貓袋中的三隻小貓說。

我打開了診所的門，她在等待著我。

月瞳等待著我。

「你好。」她微笑說。

「妳好。」

然後，她看著電腦：「豆花、豆奶、豆腐，兩星期前來過做身體檢查……」

我知道，她忘記了，不過電腦上還是有資料。

「對！我們又見面了日醫生！」我傻傻的笑著。

「對不起，因為最近出了一些意外，我的記憶不太好，所以忘記了我有幫三隻幼貓檢查過。」月瞳說。

「我知道。」

「你知道？」

「不，哈哈！我意思是有這麼多寵物來看醫生，妳忘記也很正常吧！」我立即轉移話題：「我先把她們放出來？」

「對，先磅重吧。」她微笑。

我很想跟她說：「其實我們一起經歷了很多很多事！我們是最好最好的知己！」

可惜，我沒法說出口，不能說出來。

看著一個人生中最熟悉的人，卻要扮作不認識，那種感覺的確有點痛苦。

「她們三隻小貓比上次重多了！都在正常的體重的範圍內。」她在電腦中寫下紀錄。

我沒有回答她，只是一直看著她，看著一個曾經最好的朋友。

當天的催眠成功了，換來的，就是月瞳已經忘記了我們的故事，忘記了……我。

現在，我只能用一個「貓咪主人」的身分去接觸她，接觸這個最熟悉的陌生人。

「梁先生？」

「是！」

「我剛才說可以慢慢地轉貓糧給她們，這樣瞳瞳就可以不用這麼辛苦地餵奶了。」月瞳說。

「啊！我知道！」

檢查完畢後，我把三隻貓B放回貓袋。

「我會經常來見妳的！」我又說漏了咀。

「嘻，我才不想見到你，這樣才證明你家的貓貓健健康康。」月瞳莞爾。

這是我最近遇上月瞳，她曾跟我說過的話。

我很想跟她說，「妳曾跟我說過一次了」！

可惜，我不能說出來。

我的眼眶泛起了淚光，不過，我還是擠出了微笑。

「不緊要，妳忘記了，我記得就夠。」我輕聲地說。

「你說什麼？」月瞳問。

「沒有！沒有！那……日醫生，我們再見了！」我微笑。

「再見了，希望你的貓兒健康成長。」

我用力點頭。

月瞳，總有一天，你會記起來的。

我會等待那天的出現。

再見了，過去與現在的日月瞳。

未來……

我們會再次相認。

必定可以！

《遺憾是你沒法記起我，慶幸是我不會忘記你。》

忘記你05 REMEMBER 終章

2019年10月5日，孤泣工作室。

政府引用《緊急情況規例條例》，繞過立法會，一意孤行推行「反蒙面法」，10月4日當晚，全港市民於各區示威，民情一發不可收拾。

「病也不能戴口罩嗎？」同事海靖說。

「可以戴，有醫生紙不就行了嗎？」另一個同事家希說。

「黐線！這樣下去還有自由嗎？」海靖無奈地說。

的確，自由一步一步被收緊，這裡還是我熟悉的香港？是誰破壞了香港？當權者還不肯認錯？

「孤，《別相信記憶》第四部何時寫完？你還不出書，出版社就要關門大吉了！」家希問。

「差不多了！差不多了！別催促我！」

在這樣的時局，每天都發生不同的事，我沒法完全集中去寫小說，我很久沒試過，幾個月沒出版新書了。而且《別相信記憶》第四部除了是結局，還有一個重要的「意義」，所以我寫得很小心、寫得很慢。

第四部，就是⋯⋯

打開月瞳的記憶的「開鎖密碼」。

十多年後，我把《別相信記憶》這部小說給她看，我相信比我用任何的語言來得更加真實。

「啊？這是什麼資料？」家希突然問。

「這是⋯⋯最後的謎團。」我說。

「還有謎團？不是已經全部都解開了？」她問。

「不，還有一點。」我指著三個字：「在梅林菲死前，墮下去的一刹那，他給我做了一個口形。」

「啊？！對，你看著一個人自殺死去，一定很可怕！」家希樣子非常驚慌。

「的確很可怕，我未來可能會寫一本有關自殺的小說，書名叫《自殺調查員》。」我說：「回說正題，當時他口形說出的三個字，也是我一直也找不到答案的疑問。」

「梅林菲當時說了什麼？」

「他說了……『第七人』。」我在簿上寫著。

我之前說的「最後最後最後謎團」，就是一直以來，從梅林菲的身上得知的，都是六個「使徒」，而代表怠惰(Sloth)的第七個「使徒」，會是誰？

這個人真的存在嗎？

「梅林菲好像把一個最後的謎題留下給我……」我身體向後傾靠住椅背：「他要我的小說……『不完整』嗎？真過份！」

「嘩！！！」

此時，海靖在洗手間大叫！

「發生什麼事？！」我跟家希立即走到洗手間前。

我看著洗手間的畫面……整個人也呆了！比看到血腥的畫面更震撼！

我那一件幾千元的衛衣……

正在貓沙盆之中！

「嘩……衛衣上還有便便與尿尿！」家希在暗笑。

「看來不能再穿了，買過一件新的吧！」海靖說。

看著她們的樣子，根本就是……幸災樂禍！！！

「豈有此理！是誰做的？！」我看著工作室的九隻貓。

牠們有些完全不理我，有些只是呆呆地看著我。

「呀……化為烏有了……化為烏有了……」我哭著臉說：「究竟是誰說要養這麼多貓的？！」

然後她們兩人指著我。

「不，都是妳黃海靖！明明當時說養倉鼠的！現在卻變成了九隻貓，一切都是因妳而起！」我反指著她。

「哈！我未得到你的同意，又怎敢養這麼多貓呢？」駁嘴是她的強項：「是你自己的問題！」

我蹲了下來，看著我幾千元的衛衣，欲哭無淚。

然後，我再看看我家的「孤貓」……苦笑了。

牠們的確很會搗蛋又頑皮，不過同時，牠們也給我很多的……「愛」。

每天看著牠們，就算工作與社會有多混亂，心情也會好過來，就算……我的幾千元衛衣被弄到貓沙盆之中……

「嘿……唉……算了吧，下次我應該放好衣服的，是我的錯。」

當人類遇上貓，會變得自責，甚至是……「自虐」，嘿。

一輪公司的小騷動後，因為怕現在香港的情況，晚上會交通癱瘓，我們提早兩小時下班。

「妳們先去按升降機，我鎖門。」我說。

大多數情況，都是由我鎖門，因為我想跟九隻貓說最後的再見。

「嘿，一切都是因我而起吧。」我苦笑：「再見了各位孤貓。」

我關上燈，工作室一片漆黑，就只有貓的眼睛在反光。

正當我想關上門之時……
腦海中出現了……那一句說話。
「一切都是因妳而起！」
「一切都是因妳而起！」
「一切都是因妳而起！」
同時，我想起了曾經跟北野和真對話後，想起了一個「問題」……
「所有事的『源頭』是什麼？」
這……？！！？！！？！！
我的腦海中同時出現了不同的畫面！
……
…
.
兩年前。

《只要你養了幾隻貓，每天都會變得非常熱鬧。》

終章 忘記你 06 REMEMBER

孤泣工作室招聘會。

她坐在我的面前。

「最後一個問題，如果我不開心的時候，妳會怎樣做？」我問。

「我什麼也不會做，只待在你的身邊，我知道你不喜歡被別人騷擾，所以我只會一直在你身邊支持你，而且，我覺得你可以靠自己走出痛苦。」她說。

我看著這個少女，呆了。

她答了一個我覺得最滿意的答案。

三十位來見工的應徵者，最好的答案！

她好像完全知道我的性格一樣，她是一早已經調查過我嗎？嘿。

然後，我二話不說，立即跟身邊的同事說。

「就請她吧！」

……

……

……

一年前。

孤泣工作室。

「十年後，終於有自己的出版社了！」我說：「出版社第一本書寫什麼好呢？」

「你就寫自己的故事不就好了嗎？」她說。

「我的故事？」

「你之前不是說寫過很多年的日記嗎？不如就寫你的日記故事吧！」

「啊？不錯的提議，我回去找回我的十一本日記，再看看可以寫什麼題材！」我說。

……

……

……

九個月前。

我的舊居。

「我手上有七本日記，應該還有四本在舊居，你找到了嗎？」我在工作室跟她通話：「今天很忙，我自己沒時間去拿了。」

「你媽媽在幫手找了，你的雜物房也有太多雜物了！」她說。

「總之，妳要幫我找到為止吧！」

「知道了！」

……

…

.

「別相信記憶」事件發生後。

「老闆，你好像幾晚沒睡覺一樣。」她指著我的眼袋說：「你那件事還沒處理好嗎？」

「還未，比我寫小說更複雜。」我打了一個呵欠。

……

…

.

「那封寫著『7572591172392』的信，是今天收到的嗎？」我緊張地問。

「今天郵差還未派信呢？可能是昨天，昨天我放假，你有看郵箱有信嗎？」她反問。

「我沒看郵箱。」我在思考著：「這個是什麼人？為什麼會知我公司的地址？」

「知道不難啊，之前你叫讀者寫信給你，你有公開過地址。」她說。

……

…

.

在合照中已經接觸的三個人，范媛語、高展雄、馬子明，還有范媛語的先生張超仁，

還有「她」。

「又關我事？」她走到我身後偷看。

「當然，我經常都跟妳分享這件事的進度，妳反而是最有可疑的一位！」我奸笑。

「我沒有啊！我怎會寄這封信給你！」

「如果妳給我靜一靜，我就不懷疑妳了，好不？」

「OK沒問題！」

……

‥

.

范媛語、高展雄、馬子明、日月曈應該沒問題，不過那個叫謝寶坤的大叔，未必會出席。而且當中不是每個人都像我一樣，這麼想找回那三年的記憶。

她剛看完了我寫下的資料，她把FILE還給我：「這根本就是一個懸疑故事啊！」

「對，卻發生在現實之中。」我無奈地說。

……

‥

.

「我們還可以互相溝通，當然，當別人看見我們時，都以為我們是黐線佬一樣跟空氣說話，其實，我們也許就在互相溝通！」我認真地說：「我的舊同事李基奧跟我說，我自言自語時，曾提到日月瞳的名字，而謝寶坤的前妻也說過，謝寶坤自言自語時說過我的筆名，這樣就是很有力的證明！」

其餘六人全部一起目瞪口呆地看著我，包括了「她」。

……

..

.

知道二宮京太郎跟我見面的人，就只有我們六人、我的妹妹家瑩，還有「她」，排除了跟事件沒關係的家瑩與「她」，還有我跟月瞳，知道我們會在沙田UA戲院見面的人，就只有組系的另外四個人。

此時，工作室的大門打開，她緊張地走到我們面前。

「有一封由日本寄來的信，因為我太想知道是什麼東西，所以我打開來看了！」她上氣不接下氣說。

……

…

．

2019年10月5日。

孤泣工作室門前。

回憶瘋狂的出現在我的腦海之中！

我呆了一樣看著關上的木門！

「那天，她在舊居幫我找其餘的日記時，然後把本來在我手上，卻被拿走的第十二本日記放在雜物房，之後再讓我媽媽找到……」我心中一寒：「所以，我一直以來也沒有發現擁有第十二本日記。」

如果是這樣的話……

「一切都是因她而起……如果沒有她……就不會開始這個故事！而且最清楚整個故事

的人……是她！」我在自言自語：「她可以一直在我身邊……監督著我，是……最好的……

『幫手』！」

最好的……「使徒」！

「老闆，你在發什麼呆？升降機到了！」她說。

我目瞪口呆地看著長走廊的「她」……

原來她就是梅林菲的……

……

‥

．

第七個「使徒」？

《最有意義的結束，就是開放式的結局。》

《別相信記憶》時間表

第一屆記憶
手寫日記

31/12/1995

1999	1998	1997	1996
日月曦交換日記第一天 颱風約克 16/09/1999	跟花蝴蝶Winona 第一次見面 12/10/1998		
剛認識日月曦 12/07/1999			
《揮擊會》戲票 19/11/1999			
20/11/1999			

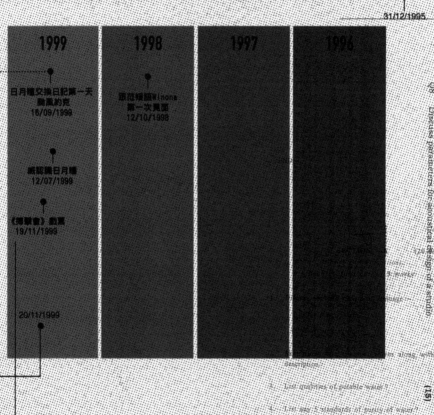

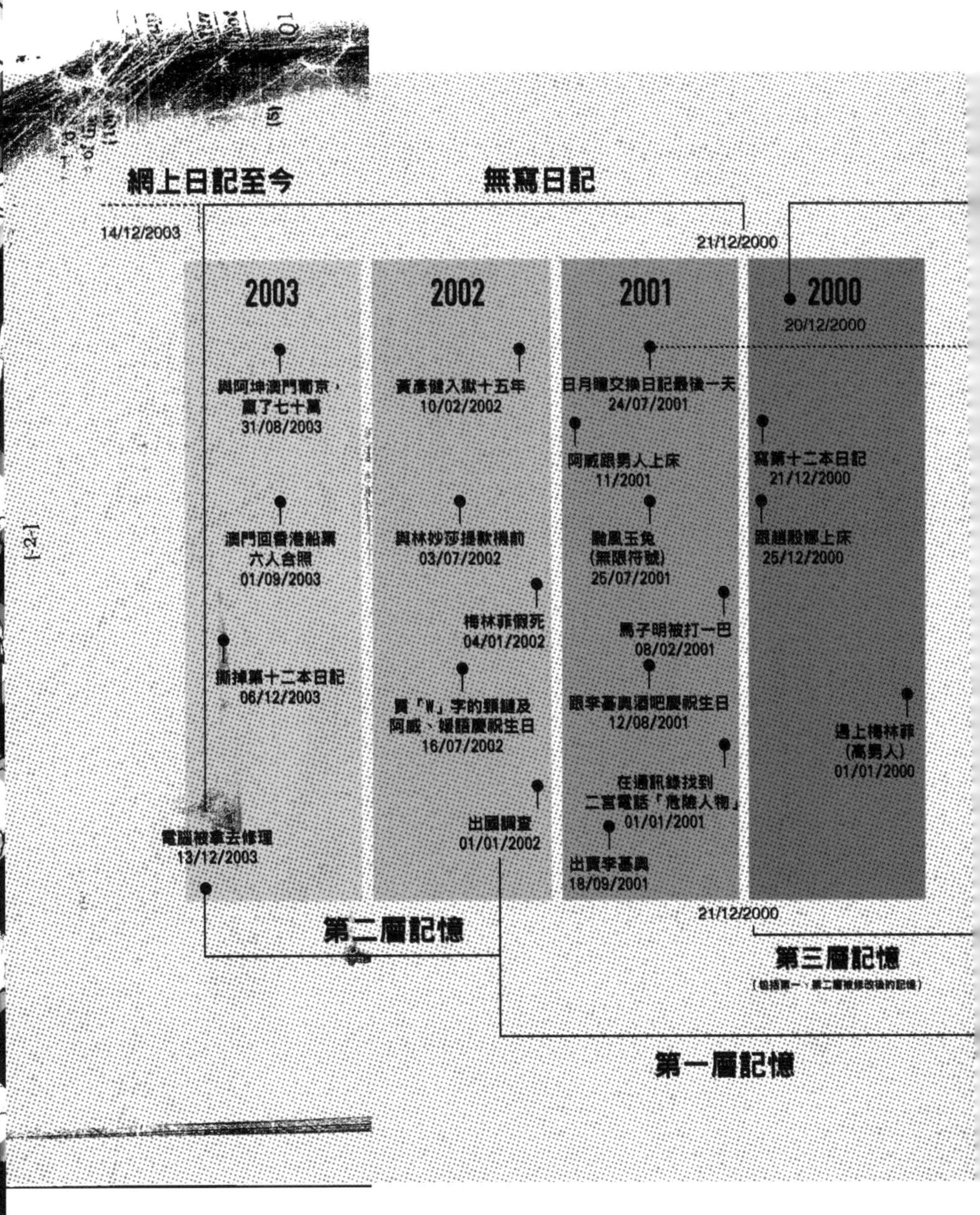
網上日記至今
無寫日記
14/12/2003
21/12/2000
2003
2002
2001
2000
20/12/2000
與阿坤澳門葡京，
贏了七十萬
31/08/2003
澳門回香港船票
六人合照
01/09/2003
撕掉第十二本日記
06/12/2003
電腦被拿去修理
13/12/2003
黃彥健入獄十五年
10/02/2002
與林妙莎提款機前
03/07/2002
梅林菲假死
04/01/2002
買「W」字的頸鏈及
阿威、媛語慶祝生日
16/07/2002
出國調查
01/01/2002
日月曬交換日記最後一天
24/07/2001
阿威跟男人上床
11/2001
驚風玉兔
(無限符號)
25/07/2001
馬子明被打一巴
08/02/2001
跟李基興酒吧慶祝生日
12/08/2001
在通訊錄找到
二宮電話「危險人物」
01/01/2001
出賣李基興
18/09/2001
寫第十二本日記
21/12/2000
跟趙殷娜上床
25/12/2000
遇上梅林菲
(高男人)
01/01/2000
21/12/2000
第二層記憶
第三層記憶
(包括第一、第二層被修改後的記憶)
第一層記憶

耶穌之死後復活

CASE 01

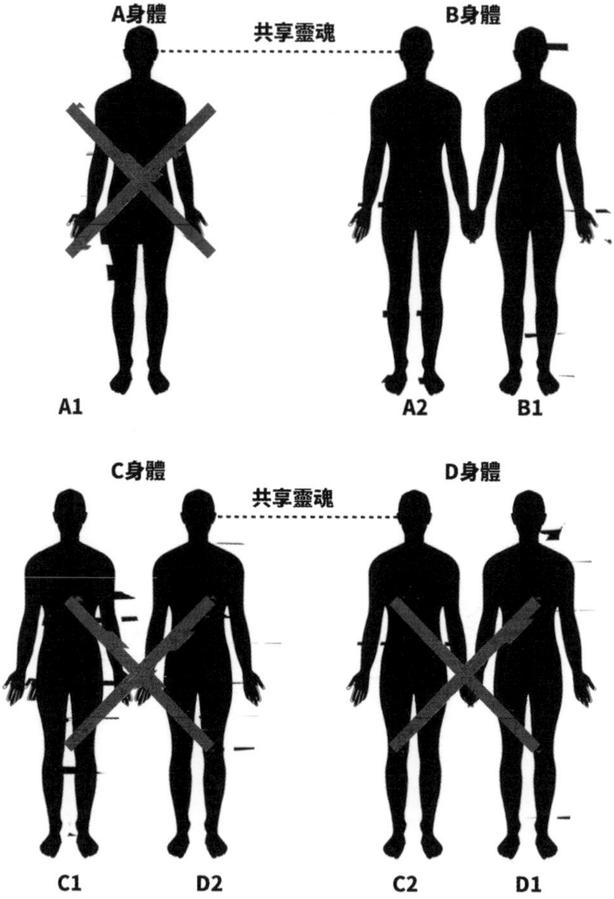

CASE 02

歷史學家麻生一郎大學論文「耶穌之死後復活」的解說。

因為《別相信記憶》的靈魂故事非常複雜，所以我想詳細解說「耶穌死後復活」、「張索爾死後復活」，還有「監獄中小野俊太之死」的分別。

CASE 01

「耶穌死後復活」與「張索爾死後復活」是相同的情況(圖中CASE 01)。

耶穌的靈魂(A1)轉移到安科特(B)的身體之中，安科特的身體就會存在著耶穌靈魂(A2)與安科特靈魂(B1)。

耶穌的身體(A)死了，耶穌的靈魂(A2)依然可以在安科特的身體(B)生存。

同樣道理，張索爾的身體(A)死後，因他的靈魂(A2)已經在大野興作的身體(B)之中，所以，張索爾的靈魂不會死去，而大野興作的身體可能會出現槍擊的痛楚，卻不會因此死亡。張索爾的靈魂(A2)與大野興作(B1)同時在大野興作的身體生存下去。

這個情況，不受「超越本體身體極限」的限制。

CASE 02

「監獄中小野俊太之死」的情況(圖中CASE 02)。

(C)的身體，存在C的靈魂(C1)與小野俊太的靈魂(D2)；同時，監獄中的小野俊太身體(D)，也存在C的靈魂(C2)與小野俊太的靈魂(D1)。這個情況跟CASE 01完全不同，當鄺比特在住所吊死(C)的身體時，因為(C1)與(D2)兩個靈魂同時存在於(C)的身體，所以會導致小野俊太的身體(D)內的靈魂(C2)與(D1)同時死亡。

這個情況就是「靈魂鑑定計劃」第十二條「超越本體身體極限」，當(C)的身體死亡，(D)的身體也會同時死亡。

……

……

……

很複雜吧？沒錯，因為這就是「靈魂鑑定計劃」，我都說要寫一個「完整」的故事，不會是一件簡單的事。

其實，還有更多不同的CASE，都在此邏輯中衍生，讀者也可以嘗試自己推算出來。

解說完畢，謝謝。

孤泣字

別相信記憶4

全文完•

ВОЛЫНСКАЯ ГУБЕРНІЯ
52 316
13 57
4 4
23 155
2 9
78 490
68 402
35 204
4058 23688
4170 23688

孤泣小故事
LWOAVIE RAY Short story

我第一次嗅到催淚彈的氣味

還有眼睛快要燒著的感覺。

當時，我跟市民都只是在叫口號，沒有任何舉動，催淚彈就在我身邊……落下來了。

你可能只會在新聞看到衝擊的人，我在現場，其實絕大部分的市民都只是在叫口號，向政府說出自己的不滿。

催淚彈落下的一刻，我呆了看著白煙升起，身邊的人群不斷向後退，老實說，我被嚇呆了，只是呆站著沒有反應。當我清醒過來的時候，強烈的痛苦感覺才出現，身邊的學生大叫：「誰要清水洗眼！」我走了過去，她給我水清洗眼睛。

清水經過眼睛滴在地上的，除了是水，還有……「眼淚」。

為什麼「我出生的地方」會變成這樣？香港是法治社會？還是強權統治？

使用暴力的人是香港市民？還是警方？

我們大可什麼也不理，繼續上班上學，任由政府想做什麼就做什麼，但對不起，我還是想守護一個……

「我出生的地方」。

不斷收到「小心」的訊息，我雙眼再次泛起了淚光，這才是一個「人類互相關心」的社會體系，而不是強權的社會。

請大家也小心。

「站出來的人絕不是瘋狂，
只是想守護自己的地方。」

孤泣字

擦身而過的緣分

「擦身而過的緣分，是殘忍？還是慶幸？」

講個故事你聽。

不知道，你有沒有試過「眼定定」去看著一個陌生人？然後被發現了，尷尬地回避目光？

曾經，小時候傻傻的我，做過一件很有趣的事。

那年暑假，我因為要到元朗跟親戚吃飯，由大埔坐64K的巴士去元朗，已經忘記是什麼原因，一直也喜歡坐上層的我，那天我竟然心血來潮想坐下層，就因為這「緣分」，讓我遇上了……她。當時我跟她正好坐在下層的對面座位，我看著她，呆了，因為在幾天前，我才跟朋友聊天，大家說出了「夢中情人」的模樣……

「眼大大，唔好化太濃妝，唔笑時有啲怕醜，笑起上嚟要好甜，一定要長髮！仲要一邊頭髮要收喺耳仔後面，就好似楊采尼咁囉！」

她的樣子，正正就是我所說的「夢中情人」。

我不自覺地「眼定定」看著她，被她發現了，又「尷尷尬尬」地回避她的目光，我只能從玻璃的倒影中看著一張我以為只是我幻想才會出現的臉孔。當年年少的我，心中不斷掙扎「咁都會出現，不如去識佢！」、「你係咪傻㗎？三唔識七人哋當你黐線！」就在長長的車程之中，心中不斷掙扎，終於，快要下車，我做了一個決定，現在回想起來，只可以說是「有冇咁搞笑呀？」，嘿，或者，這就是青春。

我拿出了一張新的紙巾，在紙巾上寫上了自己的名字與家裡的電話號碼（當年還沒有手機），我心中想，如果她比我早下車，就算了，如果是我先下車，就把紙巾給她！

結果，到站，是我先下車，然後我心跳加快一千倍地把紙巾遞給她，還要用一個梁朝偉的眼神（我自己認為）跟她說：「我想認識妳。」

她最初也呆了一呆，不過竟然收下了我給她的「心意」，那份「少年的心意」。現在在寫這篇文章，她呆呆的樣子還印在我的腦海之中。

結果是怎樣？她沒有打電話給我？還是我認識了她？

都不是，我總是說：「遺憾，是最刻骨銘心。」

之後的一星期，因為是暑假，我也在家等她的來電，還在幻想跟她將會是一對怎樣的朋友，可惜，她沒有打來。一星期過後，我正好要跟同學去CAMP，當時腦海中已經有「放棄吧」的念頭。

就在去CAMP的第二天晚上，我打電話回家跟媽咪報平安，媽咪跟我說……

「今朝有個女仔打嚟搵你，我話你唔喺度，就收咗線。」

當時我拿著電話呆了，然後，我不斷追問媽媽聲音是怎樣的（其實我也沒聽過她的聲音）？

有沒有留下聯絡資料？有特別留下什麼說話？結果媽媽還是重複之前的一句：「我話你唔喺度，就收咗線。」

之後的整個暑假，我都留意著電話，可惜，那個「不明的女生」再沒有打電話來了。

是她？不是她？直至現在，我也不知道，不過，如果沒有記錯，當年會打電話給我的幾個女生，都知道我去了CAMP，不會打來我家。好吧，就當我是在幻想、妄想、痴想也好，我知道……

「必定是她！」

如果妳還記得十多二十多年前，有個傻小子給妳紙巾然後扮梁朝偉說要認識妳，希望妳會看到這篇故事……會心微笑。

只因，我們也曾經青春過。

嘿。

孤泣字

別相信記憶 後記二

現在是2019年10月15日，下午三時二十二分。

全公司只有我一個人，還有……九隻貓。

《別相信記憶》的故事，只能在10月5日完結，小說故事結束了，不過，現實生活還在繼續，香港依然是一片混亂之中。

我寫小說很少會寫這麼準確的「時間」，卻因為我想在《別相信記憶》這個故事中，記錄著這數個月來在香港所發生的事，所以才會準確地採用了日子與時間。

我不知未來的發展會怎樣，可能香港真的會「淪陷」，但願我們最不希望發生的事，不會真實地發生。

回說整個《別相信記憶》的故事，寫這個系列，正好是「孤出版」的誕生，同時，這個故事成為了我十年來創作的故事中，最複雜的小說。

寫這部小說，最困難的是「要用比較簡單的方法去解釋沒有畫面的靈魂邏輯理論」，如果你看不明白，多看幾次，你就會明白的了，嘿。

由十一本日記引發的故事，我知道很多人心中都會有一個問題。

「這個故事是不是真的？」

我只能說是真人真事改編，有很多的人物與橋段都是真實的，沒有他們，不可能串連了整個故事。我有時間還是會跟媛語去喝咖啡、冷氣有問題我會去找阿坤、電腦有問題當然是問子明吧、展雄有時還會架車載我回家，至於月瞳……

我的貓還是需要去找她看醫生。

如果你問我，世界什麼是真實？什麼是虛構？我也沒法回答你，但我可以告訴你……

「人在現實中不能飛翔，卻可以創造一個讓自己飛翔的世界。」

但願，《別相信記憶》也會成為一個你最喜歡的故事。

一個你最喜愛的「真實故事」。

孤泣字
15/10/2019

LWOAVIE RAY TEAM

孤泣特別鳴謝小說團隊

由出版第一本書開始，只得我一人。直至現在，已經擁有一個孤泣小說的小小團隊。謝謝一直幫忙的朋友。從來，世界上衡量的單位也會用金錢來掛勾，但在這個「孤泣小說團隊」中，讓我發現，別人為自己無條件的付出。而當中推動的力量就只有四個大字——

「我支持你」

很感動！在此，就讓我來介紹一直默默地在我背後支持的團隊成員。

EDITING

曦雪 WINNIFRED

愛幻想、愛看書、愛笑愛叫的怪小孩，平時所有愛做的都不會做。喜歡寫作卻不會寫，說是因為懂寫不懂作。

現實中Winnifred的化妝師，見證多少有情人終成眷屬。喜歡美麗的事物，自成一角的審美態度：「美，可以是看不到、觸不到，卻能感受得到。」機緣巧合，成為孤泣的文字化妝師。

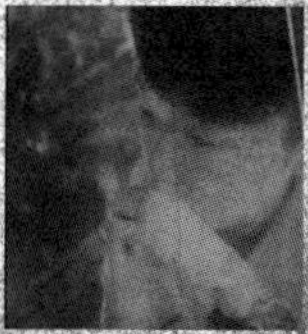

RONALD

學藝未精小伙子，竟卻有幸擔任孤泣小說的校對工作。可說是人生一大幸運的事。

首喬

卞之琳這樣說：「你站在橋上看風景，看風景人在樓上看你。明月裝飾了你的窗子，你裝飾了別人的夢。」能夠裝飾別人的夢，是錦上添花。

APP PRODUCTION

JASON

傳說中的 Jason 是以戇直、純真、傻勁加上一點點的熱血配製而成。為了達成為一個 小小的夢想、忍痛放棄一份外人以為穩定的工作，毅然投身自由創作人的行列。希望可以創作屬於自己的 iOS App、繪本、魔術書、氣球玩藝書、攝影手冊、攝影集、IT工具書等。歡迎大家來www.jasonworkshop.com參觀哦！

I only have one person. Until now, I already have a small team of solitary novels. Thank you for your help. In the

MULTIMEDIA

GRAPHIC DESIGN

RICKY

平面設計師，兜了一圈，原地做夢！感激孤泣賞識同時多謝工作室團隊，這團火燒到了我。創作人，路是難行但並不孤單。

阿鋒

平面設計師，孤泣愛好者。由讀者搖身一變成為團隊成員之一，期望以自己的能力助孤泣一臂之力。

阿祖

喜歡電影、漫畫、小說、創作，希望替孤泣塑造一個更立體的世界。

ILLUSTRATION

13

不善於用文字去表達心情，但喜歡以圖畫畫出一片天空，這片天空是無限大，同時存在了無限個可能。多謝孤泣給我機會發揮我自己，而孤泣的小說，是我的優質食糧。

LEGAL ADVISER

X律師

當孤泣問我如何殺人不坐監、未來人受不受法律約束時，我決定成為他的顧問，律師費請匯入我戶口，哈哈。

PROPAGANDA

孤迷會_OFFICIAL

www.facebook.com/lwoavieclub

IG: LWOAVIECLUB

影相信記憶4

孤泣作品
LWOAVIE RAY COLLECTION
06

作者
孤泣

編輯 / 校對
首喬

封面 / 內文設計
RICKY LEUNG

出版
孤出版
孤泣工作室有限公司
新界荃灣灰窰角街6號 DAN6 20樓A室

發行
一代匯集
九龍旺角塘尾道64號龍駒企業大廈10樓B & D室

承印
美雅印刷製本有限公司
九龍觀塘榮業街6號海濱工業大廈4字樓A室

出版日期
2019年11月

ISBN 978-988-79939-3-3

HKD $98

孤出版